一滴水里的花开

王继颖 著

山东城市出版传媒集团·济南出版社

图书在版编目(CIP)数据

一滴水里的花开/王继颖著. —济南:济南出版社, 2022.2

(暖时光)

ISBN 978－7－5488－4393－1

Ⅰ.①一… Ⅱ.①王… Ⅲ.①散文集—中国—当代 Ⅳ.①I267

中国版本图书馆 CIP 数据核字(2022)第 029793 号

书　　名	一滴水里的花开
	YIDISHUI LI DE HUAKAI
作　　者	王继颖
出 版 人	崔　刚
图书策划	史　晓
责任编辑	史　晓　张冰心
特约编辑	陈　新　刁彦如
封面设计	薛　芳
出版发行	济南出版社
地　　址	济南市二环南路 1 号(250002)
印　　刷	济南万方盛景印刷有限公司
版　　次	2022 年 2 月第 1 版
印　　次	2022 年 2 月第 1 次印刷
成品尺寸	165mm×230mm　16 开
印　　张	9.75
字　　数	88 千
印　　数	1－5000 册
定　　价	54.00 元

(济南版图书,如有印装错误,请与出版社联系调换,电话:0531－86131736)

时光的涓滴

清晨初升的太阳投下千丝万缕银白色的光芒。花草上盈盈的露珠折射出朝晖绚丽的七彩，凸显出植物斑斓的梦境。有了这些涓滴的润泽，草叶更鲜亮，花瓣更艳丽，花草的香气更沁人心脾，连那树上的鸟鸣都更清脆悦耳。

上班的日子，我总是早早起床，到小区对面的植物园走走，顺路给老人带回早餐。每天在园子里的时间虽不足半小时，但因为我留心赏玩，细微变换的景致画帖般进入眼帘，悄然飘溢的气息香料般激活嗅觉，参差作响的天籁乐曲般萦绕在耳边。

无论何时何地，我都乐于从岁月的海绵里挤出一个个瞬息，亲近晨昏交替、四季更迭的自然。一个个贪恋的瞬间，可以放松，可以沉浸，时而浮想联翩，时而灵感乍现，仿佛一滴滴露珠，润泽了疲劳的筋骨和心神。随温度升降点染不息的阳光，诗词佳句中亮了千年的明月，山野平原间辗转的春风，黄土地上残留的冬雪，点亮目光和灵魂的石榴花，富有坚韧生命力的野菜，城市乡村里搭起爱巢蹦跳飞歌的喜鹊，沿树干缓慢滑行追赶晨光的蜗牛……这些自然的景物，有的是象征，有的为映衬，有的作线索，给我的文字增添了生机。

生活在平凡的世界里，寻常人间的情谊花朵、物质果实、精神芬芳、思想光华更令我珍视。门前学步，走不出亲人悉心的挚爱；校园成长，离不开师长入微的关怀；世事有为，得益于个人勤恳和团队协作；灵机顿悟，伴随着灵魂的宁静和淡泊。伯母煮下一根根长面祝福亲情绵延，大姐逗弄女儿宠爱的白狗摆姿势、拍视频寄托思念；痴情育人的老教师呆滞的双眸焕发出神采，心地阳光的学生领着孩子敲开我家门带来暖意；热爱生活的诗人寻花赋诗保鲜春日的踪迹，善良的白衣天使护理患者热心关切的一点一滴；青春的自己被自然风景触发的诗情与哲思，年迈的夫妇用汗水润泽儿孙幸福的活力……暂时无暇放眼广袤天地波澜壮阔的大事件，狭窄时空动人心弦的小细节便常常激扬在我的文章里。

本书中的四辑内容虽题材各异，但旨趣交集。我希望它们是阳光下的一片佳木，根脉相连，枝叶相触，开真诚的花，结善美的果，在你凝神静坐时，尘世中和煦的香气能顺着一行行文字氤氲到你心底。

本书的面貌几乎是全新的，收录的文章多是我近一两年所写，除与本书同名的《一滴水里的花开》这篇文章，都未收入我以前出版的文集。在《一滴水里的花开》这篇文章中，五台山景区灵鹫峰菩萨顶捡塑料瓶的驼背老人，将游人未喝净的矿泉水倒向树下瘦弱的小芙蓉花苗，直到甩出最后一滴。老人说，山上水少，早晚又冷，花草长得慢。不过，花开的时候都和芍药一样好看。这个细节让我多次忆起，感觉与我的写作有着神秘关联。"几十年守一隅文字梦，所写多是轻短散文，工细与真挚有余，写意与大气不足。我以后的生活想必依然忙碌，平凡小我不敢奢谈文学。只是希望，我写下的文字能一如既往地扬真、向善、崇美，永远温润清莹；我人生的院落永远有一道文字的花篱，将明丽与馨香和路过的人分享。"这是我一篇创作谈的结尾。工作和家庭生活之外，可以供我调度的一点儿时间，仿佛一滴滴露珠，润泽着我在时光夹缝中坚持写下去的梦想，让我生命院落的篱笆偶尔有新鲜的文字花开。所以，我把七年前写下的短文加入本书之中，用其题目做了书名。

本书中还收录了我的处女作——写于三十年前的《风景三章》。

三十余年梦想不改，开出的花全源于时光涓滴的润泽。这些花可能弱小无名，却也不失温润清莹、明丽馨香的品性。

　　如果你恰好在我人生的院落边走过，与这些小花相逢，我希望它们能成为你阅读时光里的一滴滴露珠，润泽你的目光和心灵，让你感受温暖的七彩阳光，让你憧憬斑斓的奇幻梦境，让你更加爱恋凡俗的人间烟火。

2021 年 12 月

目录

第一辑　慈心桥

一线长情／2

一锅鲜香／6

慈心桥／11

琴键上的泪／17

缺　席／21

一枝独秀异乡年／24

"进门饺子"／28

宠你所宠／32

第二辑　彼时花落，此时花开

一滴水里的花开 / 38

彼时花落，此时花开 / 41

为师的心 / 45

四季生春 / 49

镜子里的父亲 / 53

阴影里的光源 / 58

老师的珍藏 / 63

领着春天来敲门 / 67

书信保鲜的深情厚谊 / 70

第三辑　榴花朵朵照人明

我要开花 / 76

且留春踪 / 79

树上的巢，树下的家 / 82

春风辗转 / 85

太行"野菜"香 / 89

榴花朵朵照人明 / 95

第 22 条领带 / 98

从"一"起步的甜与暖 / 101

闪电般飞过的红丝巾 / 105

肩灯照亮雨夜 / 108

第四辑　照拂好自己这株花树

风景三章 / 114

两扇门，一箱葱 / 117

人间太阳花 / 120

却顾所来径 / 124

照拂好自己这株花树 / 129

爱好里藏着良方 / 133

"给"是温暖的出口 / 137

风驰过的街道 / 141

第一辑

慈心桥

一线长情

唐代长安，卢照邻送二哥入蜀，想到重峦叠嶂、蜀道险长，吟出"此中一分手，相顾怜无声"。"相顾"一瞬，"无声"中汹涌着滔滔手足情。

宋代密州，中秋月夜，苏轼想到远在河南的弟弟，数年不见的思念之苦化作"但愿人长久，千里共婵娟"的美好祝愿。

我的伯父少年时背井离乡，辗转千余公里，投奔乌海的亲戚以谋求生计。父亲、伯父惜别时的不舍之情与相互间的牵挂祝福，已在唐诗宋词里摇曳千年。

伯父离开我们已两年多。伯父女儿颖姐的儿子结婚，而年迈的父母远行不便，于是，我们姐弟三人千里迢迢到乌海祝贺。那一条路蜿蜿蜒蜒，像一根儿长长的面，从河北保定白沟开始向西北方向抻，一直抻到内蒙古乌海。这一根儿长面引领着我们清晨出发，驱车十几个小时后深夜抵达乌海。

伯母安排的欢迎晚宴是每人一碗热乎乎的汤面。每碗一根儿面，纤细绵长，百曲回环，筋道鲜香，仿佛长路入碗，一路劳顿因相聚而烟消云散了。伯母一边喜盈盈地看我们吃，一边解释道，接风洗尘的面叫长面，寓意常来常往，长长久久，亲情不断。

以前，乌海的亲人回老家白沟的第一餐也是面——由母亲煮的热乎乎的汤面。母亲对"进门面"的习俗讲不出所以然，但迎进久别亲人的喜悦和伯母仿若一人。记忆中最温馨的情景，在伯父伯母等亲人同在的夜晚，正如汪曾祺所说"家人闲坐，灯火可亲"；最热闹的场面，在弟弟和侄子结婚时，帮忙的乡邻和远近的亲人都在，喜滋滋的伯父手执毛笔，在方方正正的红纸上写下一个个"喜"字，为喜庆的氛围画龙点睛。

在厨房吃完长面，伯母领我走进书房。书房里摆放着红木书橱、红木桌椅、各种文化典籍和古朴的笔筒笔架。大大小小十几支毛笔，笔尖被墨色染得深浅不一，好像伯父刚刚写过字，才微笑着走出去。我似乎又闻到伯父敦厚温和的气息。伯父刚刚写过的定然有个"颖"字。几十年前，他在书房冥思苦想，将意为聪慧的"颖"字，定为他和父亲各自的女儿名中共有的一字。伯父若有灵，知道外孙要举行婚礼，我们姐弟远道来贺喜，他开心写下的，除了我们的名字，定然还有个"喜"字。

伯父聪慧好学，凭着笔杆子进入乌海文艺界，做了多年文联主席。母亲说，我的兴趣、性情都像伯父。虽然，从我出生至今，伯父回老家的次数历历可数，我却坚信，我的书房与伯父的书房、我敲字的键盘与伯父的毛笔、我的不急不火与伯父的从容平和，有着血脉相承的神秘联系。我对伯父的感情浓似我对父亲的感情。

伯父晚年患癌，伯母传回消息，父母落了泪，我们姐弟三人也落了泪。一根思亲的长面牵着，患病的伯父两次从乌海出发，坐上颖姐驾驶的汽车，由伯母陪同，在千余公里蜿蜿蜒蜒的长路上颠簸十几个小时，回老家与我们团聚。最后一次从老家回乌海时，他在父母居住的楼下坐上车，打开车窗和我们道别。上车前还微笑着的伯父，那时双眼中已泪水涌动。我突然意识到，这一别，永难再见。伯父眼里的泪也瞬间涌进我的双眼。

远道赴乌海给颖姐儿子贺喜的，还有伯母的侄子、侄媳和外甥，加上姐夫家的众多亲戚，总共四十多个人。喜庆的婚礼后，颖姐和姐夫租了一辆大巴车，陪大家到鄂尔多斯草原游玩。曾经素不相识的人，因与颖姐家人的亲情聚在一起，其乐融融，共享了一天美好的光阴。车快驶出乌海时，伯母指着车窗外向我介绍，那是自然保护区，里面生长着中国特有的濒危植物，植物界的"大熊猫""活化石"——四合木。在鄂尔多斯蒙古包外，伯母挽着我的手，引我认识草原上的植物：八宝、沙葱、沙蒿、竹蓣、棉蓬、蒺藜、苍耳、菟丝子……随伯父在内蒙古扎牢根脉的伯母，与四合木等众多强耐旱的植物一样，早已成为荒漠草原的主人。

来自全国各地的亲戚，被一根儿象征亲情的长面牵着，从不同的长路蜿蜒而来，又将从不同的长路蜿蜒而去。未来的某一天，回想起曾经往返的蜿蜒长路，也都会想起进门吃的那根儿长面吧。

一条长路，一根儿长面，从古至今，牵着一线血脉长情，蜿蜿蜒蜒，传承着爱和暖。

一锅鲜香

清水河、暖水、泊江海、沙井、框框井、百眼井、棋盘井……漫长的高速公路，贯串着与水有关的地名，也贯串着内蒙古人对水的珍重。广袤的草原多呈荒漠化，空旷且少有人烟，难见水的踪影。我们姐弟二人对即将奔赴的乌海却满怀温润的憧憬。

快到乌海时，天降甘霖。夜里十点，我们的车驶出高速路口，老叔和伯父家的颖姐已等候多时。伯父已经不在，老叔陪我们到伯母和颖姐的住处，等我们吃完热汤面，把我们送到宾馆，才乐呵呵地挥手回家。

清晨醒来看到老叔发的微信，他早在宾馆楼下等我们了。他的等，是慈爱的长辈对贪睡的孩子的宠溺。老叔指挥弟弟开车带我们七拐八绕，去品尝乌海最正宗美味的烧卖。

嘴角挂着烧卖香，老叔带我们去看黄河。浊浪滔滔的黄河穿乌海城而过，奔流不息的河水哗哗啦啦地奏响雄壮的欢迎乐章。老叔个子不高，身体结实，肤色被黄河水浸染成了健康的土黄。他喜洋洋地和我们并肩站在岸上，看上去犹在中年，不像年近七旬的老人。老叔每次回河北白沟老家都要讲到黄河。他慢悠悠地描述着，瓮声瓮气，像源源不息的黄河水，滋养着我对乌海的憧憬。老叔在黄河岸边撑着鱼竿的垂钓图、在黄河波涛里驾着皮筏子撒网的镜头，在我脑海中闪现过无数遍。老叔屡次发出邀请，他和黄河早已在乌海等候我们多年。

等候我们多年的，还有老叔的"一锅出"。

憧憬多年，我们终于来到老叔老婶居住的小院。小院外的旧面包车内，藏着老叔亲近黄河的渔网、钓具、旧轮胎、橡皮筏子。老婶笑眯眯地迎我们走进客厅，老叔美滋滋地钻进厨房。不大一会儿，厨房里飘出的鲜香气息就弥散在院内和客厅里，越来越浓郁，把我们的馋虫都勾了出来。

中午，我们围坐在圆桌边。圆桌正中放一口铁锅，一圈热乎乎的白面花卷点缀在锅边，锅中主角是炖鱼段儿。鲤鱼段儿、鲢鱼段儿、草鱼段儿，酱黄油润，色泽诱人，鲜香扑鼻。老婶说，得知我们要来，老叔从黄河里网回这几条鱼，兴奋地将鱼收拾干净，藏进冰箱里。老叔瓮声瓮气地把这一锅鲜香称为"一锅出"，微笑着招呼我们赶紧动筷子。我们大快朵颐，感觉软嫩可口，齿颊生香。

老叔炖出的鱼香与我父亲炖出的鱼香如出一辙，味道极像。我每次携爱人、女儿回白沟老家，进门的瞬间，最温馨的一幕就是看到厨房里父亲晃动的背影。不用开口问，从飘散到楼道里的气息，便知父亲正给我们炖制一锅鲜香的鱼。

几年前的一个周末，母亲兴冲冲地打电话让我们回家。伯父和老叔两家从内蒙古归来，老叔还带回几条黄河大鲤鱼。伯父、父亲和老叔，伯母、母亲和老婶，六人排着纵队去菜市场，买回排骨和各种蔬菜。哥儿仨、妯娌仨亲密合作，凉拌、炖煮、烹炸，准备了一大桌饭菜。哥儿仨用最大号的钢种锅，以黄河鲤鱼和排骨为食材，炖出了颇富创意、最受青睐的一锅鲜香。

一锅鲜香的炖鱼，在哥儿仨的家庭团圆宴上，一直领衔着最重要的角色。年少时我不解原因，后来在父母忆苦的追溯中找到答案。

奶奶病逝那年，伯父十岁、父亲五岁、老叔一岁半。正值壮年的爷爷拒绝续弦，独自拉扯三个儿子成年。为养家糊口，爷爷曾在村西大清河里撒网捕鱼，推着独轮车走街串村地卖。隔三岔五地剩回一些鱼，他便收拾干净，配上咸菜和作料，在铁锅里炖。炖鱼的同时，锅边贴一圈棒子面饼子。老叔所称的"一锅出"，最早由爷爷命名。贫困年代的"一锅出"鲜香无比，是刻骨铭心的父爱滋味。长大后，哥儿仨都能以鱼为食材炖出一锅鲜香。

伯父13岁远赴内蒙古乌海投奔亲戚谋生。老叔18岁当兵去了山西大同，两年后参加抗美援越战争，回国后又至青海、西藏、甘肃敦煌。老叔当兵后差不多每月寄回一封家信，初到越南两三个月没有信来，爷爷便担惊受怕，泪流满面。老叔转业到大伯所在的乌海，伯父伯母没少费心。老叔回老家结婚时，父母卖掉家中仅有的一头猪，买回缎面、里子和棉花，做了三床崭新的被褥；伯母同伯父一起归来，给我们姐弟每人带回一身崭新的衣服。爷爷晚年往返于乌海白沟之间，帮哥儿仨看孩子，直到在乌海突然发病离世。几十年光阴，父子兄弟情深，妯娌也亲如姐妹。

白沟大清河是老叔对乌海黄河爱的源头，老叔钟爱的渔具源自爷爷简陋的谋生家什，老叔以鱼为食材炖出的一锅鲜香由爷爷的"一锅出"变化而来。

爱人向我父亲讨教过几次，以鱼为食材炖出的一锅鲜香，与老叔"一锅出"的鲜香味道极像。

下班回居住的小区，进得单元楼，常能闻到鲜香的气息，有时是炖鱼的香气，有时是炖鸡的香气，有时是炒菜的香气……这些香气从不同的邻居家飘出来，弥散在楼道里。几乎每家每户的厨房都能端出与众不同的一锅鲜香。一锅鲜香几乎能让每个孩子都找到家的方向。

文学大家汪曾祺是非常出名的美食家。他居家下厨做的精炖狮子头、冰糖肘子、水煮牛肉、汽锅鸡等美食，色香味俱佳，不输名声显赫的饭店。他笔下的美食也常常让读者垂涎欲滴。儿子汪朗能写下《食之白话》《刁嘴》等著作，成为国内知名的美食作家，必是由于爱的渊源，继承了父亲对文字和美食的热爱。

  一锅鲜香在岁月里绵延，飘散着浓浓的亲情味儿，是中华文化园林里落地生根、不可或缺的树种。

慈心桥

步入大学校园的她自信、乐观、合群、阳光，曾经的她却是那样自卑、落寞、孤独、迷茫。

她读小学五年级时的夏天，周三的一个课间，教室里身影攒动，欢笑声此起彼伏。几个女同学围着她前座的女生，畅谈各自庆祝生日的热闹场景。衣裙鲜丽的她们一个个眉飞色舞。

她低头坐在座位上，几句话在心中撞来撞去，终于冲到嘴边。她稍稍抬了抬头，双唇动了几下，嘴却没能张开。话被挡回心里，她又低下了头，目光落在自己漂亮的花裙子上。裙子是妈妈提前给她买的生日礼物。三天后的周六是她的生日。

她保持着在课间惯有的沉默，拿起笔，模仿着动漫书上的画，在作文本中的空白页反面勾画：餐桌上有一个大蛋糕，餐桌边坐着一个穿花裙子的女孩儿。她偷偷抬眼，瞥视前面谈兴正浓的女生，很想把她们也画在餐桌边。恰在这时，上课铃响起，她们拒绝入画般跑回各自的座位。

这一节是习作课。语文老师是新换的班主任，声音略微沙哑，像她妈妈一样慈眉善目。班主任让同学们动笔写的时候，笔尖触在纸上的沙沙声把她包围了。同在一间教室，几十个同学离得那么近，又那么遥远。

她合上作文本，注视着自己的姓名，姓氏之后，单字名"畅"。名字是妈妈取的，"畅"是学名，"畅畅"是小名。妈妈说，希望她在成长路上畅行无阻、心情舒畅。她翻词典查过"畅"字，"无阻碍、不停滞""痛快、尽情"的字义下，"畅达""畅怀""畅快""畅所欲言""畅谈""畅通""畅想""畅销""畅行""畅叙""畅饮""畅游"等都是美好的词。她渐渐浸入回忆，神情落寞，忘记了手中的笔。

初入小学，她头上患了毛囊炎，为配合治疗，头发被剃得比男孩儿的还短。爱美的她成了班里的另类。长达一年半的治疗期间，同学们闻不惯她头上的药味，害怕被她传染，不愿和她玩。虽然头上的病彻底痊愈了，头发也渐渐长起来，她又恢复了以前的漂亮模样，但自卑这个黏人的伴儿，黏上她就不肯轻易离开。无数个课间，她低头坐在座位上，仿佛独坐在寂寞的河边，河那边的欢声笑语那么近，又那么远。

那时候，家里不富裕。爸爸妈妈在工作之余经营着一个小书店。他们除了上班，就是在书店里忙碌，关心她的时间很少。她常跟着爸妈到书店，渐渐迷上动漫书，每看完一本，就把喜欢的人物画下来。生病的那段时间，她更是迷得不能自拔，有时还会耽误听课写作业。书上本子上涂鸦的小人儿就是她的伙伴。

班主任站到她身边，摸摸她低垂的头，轻轻叹了口气。那节课布置的习作，有的同学已经写完，她却还没写下一个字。

周六早晨，妈妈在茶几上摆上奶糖和水果，让爸爸去附近的蛋糕店买回一个大蛋糕，还特意嘱咐奶奶把午饭做得丰盛些，多做一点儿。妈妈和爸爸照样去书店忙碌，她闷闷不乐地坐在书桌前，痴痴地盯着作文本中画过的那一页——摆着蛋糕的餐桌边，穿花裙子的女孩儿还是孤单一人。

院门外突然热闹起来，一阵敲门声伴着校园里常有的叽叽喳喳。这欢乐的声浪在她家门外响起，还是第一次。她打开门，院子里涌进一片热情的祝福声。七八个衣裙鲜丽的女同学，每人手里拿着一样小礼物。她的脸热乎乎的，心跳得厉害，她有些不敢相信同学们一下子离她这么近。那一天，她激动地红着脸，兴奋又羞涩，和同学们吃光了爸爸买的蛋糕和奶奶做的所有饭菜。同学们离开后，她翻开作文本，在摆满蛋糕的餐桌边，围着穿花裙子的女孩儿，画了一圈天使般衣裙鲜丽的女孩儿。

她想起习作课上班主任的抚摸。头上那只手有着轻风般的柔，有着春阳般的暖。"这群'天使'一定是班主任派来的。"她暗想。

周一来到学校,班主任把她叫到办公室,将她揽在怀里,放了一段手机视频。"同学们,明天是我家畅畅的生日,阿姨给你们送糖和水果来了。我家畅畅特别热心,特别想和大家做朋友,就是不善于表达,希望你们主动找她帮忙,周末到家里找她玩儿……"她妈妈微笑着站在讲台上恳切地说完这番话,然后走下讲台,挨桌给同学们发糖和水果。

班主任告诉她,那天习作课后,自己打电话联系了她妈妈,说她在班里总低着头,少言寡语,不合群,需要多关心。周五下午最后一节班会课,她妈妈买了一大包奶糖、一大兜水果带到学校。为了不让她与妈妈碰面,班主任特意派她到学校图书馆还班里借的书。

爸爸妈妈把书店关了,周末有了闲暇,陪她学习,给她做好吃的,带她出去玩,还有一项重要的内容——款待来家里找她玩儿的同学们。离家远的同学,爸爸妈妈还负责接送。每次同学离开时,妈妈都会热情地发出欢迎再来的邀请。

她读六年级那年冬天,一个滴水成冰的周末,她第一次赴约去一个女生家里。妈妈迎着冷风,吃力地蹬着自行车去送她。她们缓慢前行的样子像两个蠕动的大蜗牛。好不容易打听到女生家的位置,却扑了空。开门的是女生的奶奶,女生和她妈妈去了邻村姥姥家,母女俩忘了带手机。她沮丧地站在女生家门前,风穿透了厚厚的羽绒服和毛衣,也把她的心穿透了。妈妈骑车带她出了女生住的村子,拐进了旁边的村子。见到村里人，妈妈一次次下车，问啊问，问啊问……村里人摇头，再摇头……女生突然从临街的门里跑出来，又是惊喜，又是惭愧，紧紧地抱住了她。追赶着她的冷风似乎跑热了，她的身心暖起来。妈妈笑着说，既然约好了，就一定能见到。

快升初中时，课间，她坐在座位上，话依然不多，头却常常抬起来，心情也舒畅了。她感觉同学们是那么近，那么亲，那条寂寞的河已在身后。

看动漫画小人儿的习惯像影子一样跟随着她。熟能生巧，动漫中的那些小人儿在她笔下栩栩如生。中学六年的课程越来越繁重，画动漫人物成了她消除疲惫的方式。有的老师认为她画小人儿耽误学习，是不务正业。梦想的灯盏在雾中模模糊糊亮起，她心中茫然，没有自信能走过去。

妈妈却一直支持、鼓励她，夸她画得好，几乎珍藏了她画的所有小人儿。妈妈和批评她的老师解释道："她这么喜欢画，您就让她画吧！画小人儿又不影响别人。您仔细看看，她画得多好啊！我保证她的文化成绩不会退步……"

爸爸妈妈无意中得知大城市有"Cosplay"活动，即利用服装、饰品、道具、化妆等手段来扮演动漫、游戏中的人物角色，于是给她置办行头，陪她上网选购动漫人物的服装、饰品等。周末或节假日，爸爸妈妈早晨五点多出发，找约好的化妆师给她化好妆，拎着大包小包带她坐公交、乘高铁到北京，再倒地铁，赶场一般陪她参加表演。演出结束，返回小城已是黄昏。辗转了一次又一次，她收获了自信，认识了很多出色的漫友。高二那年，一个学动漫设计的漫友给她介绍了北京最优秀的专业老师。爸爸妈妈又带她走上了学习动漫设计的路。雾散尽，梦想的灯更亮。

她如愿考入全国重点大学的动漫设计专业，沿着喜爱的路，朝着梦想的方向幸福前行。回首来时的路途，不乏沟沟坎坎、雨雾迷茫，然而每至难行处，都有一座洒满阳光的慈心桥，让成长畅行无阻，让心情舒畅。

琴键上的泪

周六下午一点半，妈妈喊欣欣起床。两点钟，妈妈要把她送到钢琴老师家学琴。欣欣懒洋洋地睁开眼，蒙蒙眬眬地翻了个身，想接着睡。妈妈从床上把她拽起来，吩咐她快点下床穿外衣。欣欣噘着嘴巴，穿上外衣，拿上钢琴书，一言不发地跟妈妈走出家门。

风尖叫着向欣欣袭来，钻入她厚厚的羽绒服内，她打了个寒战。这么冷的风天，偏偏忘了戴手套！她一只手缩到羽绒服的袖口里，扶着电动车后座上的把手，另一只手揣到羽绒服口袋里。

穿过半座小城，终于到了老师家门口。从被窝里带出的温暖早被风掳走了，欣欣感觉浑身冰凉冰凉的。老师将欣欣迎进去，妈妈转身去单位加班。在钢琴前坐了几分钟，欣欣才开始弹琴，可她的手还是僵冷得不听使唤。弹第一行音阶时，老师让她重复了几遍，她弹得仍然不流畅。老师问她是不是在家没好好练习，她的泪像断了线的雨珠，噼里啪啦地落到琴键上。

再过几天就要期末考试了。期末考试结束后的第二天，就是欣欣参加钢琴考级的日子。欣欣的日子更加忙碌起来，每天除了紧张地复习功课，还要坚持两小时的钢琴练习。欣欣在书房里练琴，妈妈忙完家务就在客厅里看电视。有时候她的手指练疼了，就停下来，悄悄走到书房门口，听外面电视里的声音。可没几分钟，书房的门会突然打开，妈妈站在门口盯着她说："接着练，别偷懒！"妈妈看电视时，从没忘记过给她记时间。她想少练一会儿，没门儿！她又坐下去，心不在焉，弹出不少错音。最近，她感觉很累，老是委屈得想哭，泪水已忍回去好几次，这次在钢琴老师家终于涌了出来。

学钢琴是欣欣自己提出来的。一年前，她看电视，郎朗在钢琴前十指如飞，弹奏出美好的旋律，她央求妈妈："我也要学钢琴。"妈妈问了她好几次："你真的想学钢琴吗？你能吃得了苦吗？"一心想弹琴的欣欣每次都一个劲儿地点头。一向节俭的爸爸妈妈给她找了小城里最好的钢琴老师，花一万多元给她买了架钢琴。

想到这儿，欣欣用衣袖抹了抹眼睛，继续弹起来。

妈妈接欣欣回家的路上，欣欣觉得更冷了，冷得浑身哆嗦。她的头晕晕乎乎的，疼得厉害。进了家门，她摇摇晃晃地直奔卧室，连羽绒服都没脱，就扑倒在床上，捂上了被子。她迷迷糊糊地想着，为了自己学钢琴，爸爸周末都不肯休息，坚持出去做兼职。昨天，爸爸还给北京的同学打电话，说寒假里如果有钢琴家的演奏会，他要带女儿去欣赏……

元旦，欣欣想在班级联欢会上弹奏一首曲子。钢琴那么重，哪能挪得到学校？于是，爸爸想方设法借来一架电子琴。表演那天，上学时，爸爸先骑着电动自行车把欣欣送到学校，又急急忙忙回家取电子琴；放学时，爸爸先把电子琴送回家，又急急忙忙返回学校接欣欣。欣欣的演奏赢得了老师和同学们热烈的掌声。回家的路上，兴奋的欣欣大声对爸爸说："爸爸，什么时候北京有钢琴家的演奏会，咱们去看看吧，我长大了也要成为一名钢琴家！"爸爸工作那么辛苦，还对自己说过的话记得那么清楚。想到这儿，欣欣刚才的委屈潮水般退下去许多。

"欣欣，你的头好烫，准是感冒发烧了！"妈妈拿来体温计给欣欣夹在腋下，几分钟后取出体温计看，真是发烧了。妈妈在屋里跑来跑去地给她倒水、找药，直到她把药吃下，才又坐在她床边。

欣欣睡着了，一觉醒来，天都黑了。她感觉好多了，从床上爬起来想上厕所。客厅里飘着饭菜的香气，灯光下，妈妈正坐在沙发上。

妈妈起身迎过来，摸摸欣欣的额头："宝贝好多了，咱们马上吃饭。"妈妈的鼻音有些重。

"妈妈，您怎么了？是不是也发烧了？"欣欣这才意识到，妈妈冒着寒风接送她，一定也很冷很冷。

"妈妈没发烧，就是心疼你……"

"爸爸回来了吗?"

"你爸刚才来电话了,说今天活儿多,晚点儿回来。"

吃饭的时候,欣欣想起妈妈照顾自己的忙碌情景;想起爸爸每天都很晚才一身疲惫地回家,连周末都不能休息;想起爸爸给自己讲过的钢琴大家傅聪爷爷的故事:七十多岁的傅聪爷爷在成都机场摔了一跤,断裂了两根肋骨,身上捆绑着医疗背心,仍然坚持每天练琴七八个小时,忍着剧痛出色地完成了在成都和香港的演出。

吃完晚饭,妈妈让欣欣接着上床睡觉。欣欣没有听妈妈的话。她坐到钢琴前,调好节拍器,开始专心地练习。妈妈不再看电视,而是坐在欣欣的床边默默地陪她练琴。不知弹了多久,身后突然响起一声喷嚏。欣欣一回头,爸爸正微笑着站在她身后。

"好好弹吧,弹好了就会赢来一切美好!"郎朗的这句话伴着美好的旋律响在她耳边。她想,琴键上的泪滴不是动人的音符,自己再也不会在钢琴前落泪了。总有一天,她会让琴弦上飘出美好动听的音符,迎来属于自己和爸爸妈妈的那份美好。

缺 席

即将离开大学校园的女儿，在微信里转发了校友原创的三首毕业歌视频。点击播放那首《临别说爱你》，随着舒缓深挚的优美旋律响起，屏幕上变幻出一片光影迷人的银杏绿。清新葱郁的银杏林里，粗壮高大的银杏树下，青青草间，橘黄色的长椅上，专注读书的学子已经离开。即将告别母校的学子，或许正在寝室里整理行装，或许正与同窗好友进行挥手前的小聚。

"习惯了天天催着你的菊次郎，习惯了其孜楼前看你的雕像……我曾和他们一样有张稚气脸庞，转身就换了成熟西装……"校园内熟悉的场景变幻，抒情的歌声动人心弦。

习惯了西南财经大学校园生活的女儿，也将离开美丽遥远的成都，回到距我们很近的城市，换上成熟西装，走上工作岗位。飞出去几年的小鸟要归巢，本是件欣喜的事，然而，看着一幅幅熟悉的校园画面，听着一首首情深意挚的毕业曲，不知不觉间，我已泪水潸然。

坐落于成都市温江区的大学校园里有不少充满温馨回忆的镜头，我陪伴着女儿见证了她一幕幕成长的瞬间。

四年前的夏末，我陪着她飞过三千里平原山川，降落在绿意盎然、繁花似锦的成都，坐校车进入位于温江区花园一般美丽整洁的大学校园。我帮她拎着鼓鼓的行囊进入敏园 A321 寝室；看她走进宽敞的礼堂参加迎接新生的入学仪式；等她与初识如故的寝室三姐妹排在长长的队伍间，一项项完成入学体检……曾经，我与女儿牵着手，在花前月下漫步于洋溢着青春梦幻气息的校园；曾经，在自习室里，我与准备考研的女儿并肩而坐，读书、写作、感受逐梦生活……

就如她进入大学前一样，关乎她成长的瞬间我都不曾缺席。

然而，我缺席了女儿的毕业典礼。毕业典礼的日期刚定下来，女儿就在微信里、电话中几次三番地殷殷问询："妈妈，您能来吗？"女儿的辅导员老师也热情地发来邀请函。我是多么希望坐在毕业盛典的家长席上，亲眼见证穿着学士服的女儿被授予学位的瞬间！然而，不巧的是，毕业典礼的日子，正是我负责的学段升级测试的前两天。为了能准时出现在毕业典礼的现场，我日夜加班，以提前完成升级试题的命制工作。命题期间，我被抽到电视台做了三天某项赛事的评委，当时我内心多么焦急！赛事结束后，又是几天更加紧张的忙碌。试题终于出定，交印刷厂排版，再一遍遍校对。因为单位安排我负责的一个毕业年级的调研考试要尝试网络阅卷，而我由于没有经验，在做答题卡时反复修改，再加上分题、切题，忙于各项考试阅卷准备而不能分身，结果遗憾地缺席了女儿的毕业典礼。

在微信朋友圈、QQ空间里，我将这种遗憾公之于众，并沉浸在对女儿的歉意里。一串评论助长了我的遗憾："这是孩子成长中非常重要的时刻，实在应该去！""若是我，天大的事也得放下，去参加典礼！""咱师范毕业生没上过大学，得借此行感受大学毕业的滋味儿！"……

女儿的毕业典礼实在不该缺席，可是，虽然升级考试不比天大，但我能放下上万孩子的考试，独赴女儿的毕业典礼吗？考试出了问题，于责任、于良心，我都难以原谅自己！那么，这毕业典礼上的缺席虽然是件遗憾的事，但它至少让即将走上工作岗位的女儿懂得什么是责任，什么是人在单位，身不由己。

"没有家人的毕业典礼，其实对孩子来说，是她大学的最后一课，也是她步入社会的第一堂课。从那一刻开始，她将独自面对纷繁的社会，独自实现自己的价值，独自走向生命的辉煌。"看了这条回复，我的心更释然：作为她至亲的家人，我在女儿的生命中将会有越来越多乃至永远的缺席。然而，我的缺席会逐渐彰显女儿自强自立的成熟魅力和独赴幸福成功的人生风采。

一枝独秀异乡年

除夕夜,灯火暖。小家的餐厅里,两个青春正好的女孩儿陪我站在桌边,一个擀饺子皮儿,一个学我的样子包饺子。我葳蕤的心绽放出喜悦的花朵,感觉像是多了一个宝贝女儿。

女儿读研后的第一个寒假,同班一个女孩儿在北京实习,没能回远在江苏的家。春节休假那几日,女儿邀请她来到我家。女孩儿在我家包饺子、吃年夜饭、收压岁钱,跟随我们进山滑雪、出游雄安,第一次在北方过了个幸福年。只有一个独生女儿的小家,因为这个女孩儿洋溢出更浓的年味儿。

两年后,受疫情影响的辛丑年春节,在远方实习的女儿和许多离家在外的小儿女一样,响应号召就地过年。那个春节前最火的一个词,当数"寄"字。空巢父母给远方的孩子寄出了各种年货:做熟的主食、分装好的肉类、择洗好的蔬菜、烹调用的作料、煲汤加的草药……蒸的、煮的、煎的、炸的、腌的、腊的,无所不有,无奇不有。有位妈妈还随年货附寄了一份将近十页的手写菜谱,工工整整的字迹，将回锅肉、鱼香肉丝、炒辣子鸡、米粉蒸肉等孩子爱吃的菜所需的原料、配料、调料和做法，介绍得清清楚楚。满怀的爱心装进一个又一个沉甸甸的包裹，忙坏了全国各地的快递员。

我被千家万户的父母感动着，想到自己只应女儿要求给她网购寄去一袋盘锦蟹田米，心里暗暗惭愧。离春节还有几日，女儿刚搬进临时租下的小房子，我在微信里试探着问："要不我也学别人家的爸妈，再给你寄去点啥？"女儿回复了一个漫画表情，小鸭子头摇得像拨浪鼓，表示不愿做别人家的孩子。

"那你考虑下七天的假日菜单，把除夕和大年初一的发给我。想好菜单，提前去商店买好食材。"我乐得省心，不准备再寄什么，却又怕春节期间商店关门，女儿没有食材，无以为炊。

"妈，您可别搞形式主义啊。我又不是开饭店的，发什么菜单啊！就像您写作前要靠灵感突现，我每天都是快到饭点才想吃什么，考虑早了到时候未必想吃。食材的事您也别操心了。照顾好您自己和猫咪，多陪我的胖爸爸遛遛弯儿。"曾经多年习惯由我照顾饮食起居的女儿，俨然成了自己生活的主人。

"你每顿饭吃什么，拍个图片发给我总可以吧，也让妈妈眼馋一下呗……"我的言外之意是希望独在异乡的女儿过年期间按时吃饭，把饭菜做得美味一点儿。

眼馋的话说出去，再打开微信，盯着置顶的女儿头像，便盼望有美食图飞来。我因此自封"空巢盼图人"。美食图还真飞来不少，有时是女儿主动发出的，有时是我索要的。我小心点击查看原图，谨慎地将其保存在手机相册里，很快便集够九张，凑满朋友圈的"九宫格"。"九宫格"内的美食图，有只搭配几根鲜绿油菜的素炒面条，有点缀青菜、黄豆、芝麻、牛肉、荷包蛋的酸辣粉，有混杂白菜丁、香肠丁、鸡蛋丁、西红柿丁的什锦炒饭，有包含了排骨块、藕片、半截玉米棒子的营养汤……美食图和我编发的鲜美句子，饱含着空巢母亲的欣慰，惹来众亲友的艳羡和盛赞。我不去直白地肯定和鼓励，却坚信女儿关注着朋友圈里妈妈的动态，再加上我发去的点赞和评论截图，她手忙脚乱地再试牛刀继续下厨时，内心定会掠过丝丝愉悦和自信。

通过我在微信聊天时点点滴滴的渗透，女儿的美食图中渐渐有了家乡饮食文化的影子：除夕夜的蒸米饭配了清蒸黄花鱼、爆炒生菜、菠菜拌花生，简单而丰盛；初一煮了速冻饺子；初二做了辣汤面……即将研究生毕业的女儿第一次在异乡过年，婉拒了同学邀她一起回家过年的盛情，独自一人演绎起节日生活的仪式感。

女儿在异乡过年，我和全国各地的空巢母亲一样，也孤单，也思念，也牵挂，也担忧，也心疼，也想把现成的一切都寄给女儿，甚至想把自己的双手也寄过去。然而，我也希望，这个不同寻常的异乡年能让女儿尝试独立的饮食起居。曾经，我无微不至地关切她生活的每个细节，希望她身心健康、快乐成长、学业有成……如今，我希望她选择自己喜欢的工作，更希望她学会享受烟火飘香、有滋有味的寻常生活。于是趁这个特别的年，我来了个"大撒把"，试着做"甩手妈"。我在视频里看遍她单身公寓的每个角落，赞赏她巧手打理出的井井有条，欣慰她变得越来越勤劳……

万千小儿女的异乡年，百花齐放般迎来春天。我寄给女儿的是简单而丰盈的希望，是平实而生动的愿景。希望女儿的异乡年因为她灵慧的心和勤劳的巧手，成为百花中独秀的一枝，成为开启新生活美好愿景的标志。

"进门饺子"

小区环形道旁梧桐树上的叶子，绿过黄过，临近立冬，斑斑驳驳。一阵风吹过，就有叶子唰啦啦地往下落。

黄昏到家，餐桌上摆着几样反季菜，一盖帘生饺子。几十个饺子，大小、形状参差，颜值有别，有几个还露了馅儿。盖帘旁有半张发黄的信纸，圆珠笔字迹是新的：

"饺子太难吃了，不愿吃就别吃。妈妈是真的老了，连饭都不会做了。"

看着菜和饺子，默念婆婆的句子，我眼底一潮，眼泪差点落下来。

饺子真是太难吃了。羊肉茴香馅儿，茴香虽新鲜，羊肉馅儿却不知冷冻了多久，味道是陈旧的。而且盐放多了，咸得很。中午，在婆婆家饭桌上，我和嫂子各自勉强吃了几个。煮好的剩了几盘，没煮的还剩一盖帘。嫂子走后，我去上班，婆婆催着公公把一盖帘生饺子和几样反季菜送到了我家。

饺子是婆婆特意准备给嫂子接风的。大年初一，嫂子乘飞机去阿联酋和哥哥、侄女团聚。全球新冠肺炎疫情暴发，婆婆听说从阿联酋回国内的航班受到限制，每日寝食不安，频繁的越洋电话载不动她浓浓的忧心和牵挂。

中秋，嫂子终于回国，隔离期满，回到小城已近立冬。嫂子回国的第二天上午，我正忙于工作，婆婆风风火火地连打两次电话，告诉我中午给嫂子接风洗尘，嘱咐我下班回家一起吃饺子。

婆婆有几年没包过饺子了。几乎每个周末，我都要准备一小盆儿新鲜的饺子馅儿，给她和公公包几十个饺子，煮熟给他们端过去。虽然上班忙，但和老人同住一栋楼，照顾他们方便，招待人的事情多是我张罗。

我怕婆婆累，劝她等休息日再招待嫂子，或者中午我在饭店订个房间。她不听劝，第一次打电话说饺子馅儿已准备好，第二次打电话说嫂子已被她请到家里，正和她一起包饺子。

大小、形状参差的饺子，包了满满三盖帘。颜值高的多，是嫂子包的；颜值低的少，是婆婆包的。

"我可真是老了，手越来越不听使唤，饺子包得慢，还难看……"饭桌上，婆婆自嘲。我和嫂子说着饺子好吃的话，我的鼻子有点发酸，嫂子的眼圈有点发红。

"进门饺子出门面，在家包饺子欢迎你嫂子有仪式感……"婆婆解释急着在家包饺子的原因，不知何时，她把民间俗话"出门饺子进门面"记错了。

孩子出门前，包一些形如元宝、谐音"交子"的饺子，祝福孩子在外求财顺利，广交好友，守口守心，远离事端；孩子回家来，煮一碗又长又顺滑的面，祝福孩子长留家中，顺顺溜溜，一切如意。曾经，为了送迎孩子们，婆婆举行过不少次包饺子或煮面条的仪式，"出门饺子进门面"的寓意她清清楚楚，讲起来头头是道。不知何时，在她渐渐混沌的意识里，"出门饺子"变成了"进门饺子"。

85岁的婆婆真的老了，她患有风湿性关节炎，十指肿大的双手屈伸不便，一条瘸了多年的腿置换过股骨头，右眼做过白内障手术，左眼已经失明，还患有高血压、糖尿病，拿东忘西，一件往事常常颠三倒四地重复无数遍。92岁的公公老得更厉害，听力早就出了问题，戴上助听器听人说话都不容易；离开拐棍儿和三轮车，在小区院子里走几步都艰难得很。周末带公婆出去散心，除了被我们搀扶着去饭店吃饭，到风景区，他们连汽车都不愿下了，怕给我们添麻烦。无论汽车外面景色多美，他们只隔着窗户，微笑着看看。他们已如立冬前后树上的叶子，老得斑斑驳驳，让孩子们总担心有风来袭。

落叶飘飞的时节，行动不便的公公常常趁我上班时，慢吞吞地骑着小三轮车到小区门口买几样反季菜，再慢吞吞地骑回我们住的楼下面,然后趔趔趄趄地将菜送到我家来。他行动迟缓,比蜗牛还慢,却不如蜗牛稳。

许多如公公婆婆一样一天比一天更老的老人,意念里仍保鲜着不减爱的慈心。他们心中的慈爱犹如大棚里的反季蔬菜,层层生发,时至秋冬,愈显清鲜。

宠你所宠

天还黑着,小区大门外的路灯还没熄。空中飘着小雪,昏黑处的雪看不见,似乎都飞到了灯光里。细细密密的雪糁儿像沉默的飞蚊,成群结队地在光亮里乱舞,舞得满世界寒意冰人。这是腊月初七,大寒前一天的清晨。

一只棕色卷毛狗在"飞蚊"乱舞的灯光下,绕着一个慢慢晃动身影的清瘦老翁撒欢儿。

一连串的喷嚏声打破了周围的寂静。

"冷,回家啦!"老翁朝卷毛狗喊了一声,准备朝大门内走。卷毛狗摇摇尾巴,还留恋着光亮中的"飞蚊"。

"老哥,我看你天天起早出来遛狗,风雪不误啊!"看门师傅从警卫室内打开小窗,和老翁打招呼。

"每天吃喝拉撒,早晨一到六点多就想往外跑,比侍候孙子还麻烦!可是孙子喜欢,再麻烦也得给他侍候着!"

老翁吆喝着卷毛狗走进仍然昏黑的小区院子,与狗亲密对白的间隙,又打了几声喷嚏。

我从外面买早餐回来,邂逅大门口的这一幕,暗自庆幸书童不用天天拉出来遛。可是转念一想,书童也没少给我添麻烦。

书童是只 10 个月大的猫。工作烦琐、老人年迈、文字难舍,我本没想让猫挤进我的生活,女儿却一直遗憾她走过的成长岁月里没有猫猫狗狗相伴。她到南京大学读研,宿舍楼前和自习室外同学们轮流照管的几只猫,使她的宠猫之心愈加膨胀。她手机镜头下的猫俯仰多姿,憨态喜人。每次微信发来猫的照片和视频,都紧随一句养猫之请。举一句为证:"妈,您看古往今来的名人大家,家里几乎都有只猫。为了匹配您的身份地位,我觉得需要养一只。"

庚子年上半年,女儿居家学习。母亲节那天,一只不满两个月的小猫进入我家。与其说女儿把它当作礼物送给了我,不如说是送给了她自己。女儿喜不自禁,追着我给猫取名。我沉思一晚,觉得家无长物,只有书多,于是称其"书童"。

书童进家,女儿网购之物接踵而至:猫粮、猫碗、自动喂食器、猫屋、猫厕所、猫砂、猫抓板、猫玩具……简洁的居室变得热闹拥挤。气温升高时,屋里还游荡着猫带来的异味儿。

遇到麻烦最大的是花儿们。各个角落的花共约 30 盆,有的与我相看不厌已近 30 年。花儿们迎合我的爱好,都长成岁月静好的葱茏模样。书童在花间玩耍,践踏抓咬花草,没多久就毁掉一盆吊兰、一盆月季、一盆酢浆草，爬墙的文竹被拽断了长蔓，长寿花被它踩折了枝杈……

"它们在花盆里摔跤，抱着花枝打秋千，所过之处，枝折花落。你不肯责打它们，它们是那么生气勃勃，天真可爱呀。可是，你也爱花。这个矛盾就不易处理。"女儿自知理亏，却宠猫如故，摘老舍的句子发至微信朋友圈。我默念几遍，猜出言外之意：大作家老舍尚且难处理猫和花的矛盾，何况她妈是个非著名作家，更何况猫又那么讨人欢喜！

我只好给花们另辟新家，把蝴蝶兰、墨兰、多肉、铜钱草等一盆一盆搬到办公室，摆在窗台和写字桌上。花很快再现往日生机，腊月将至，蝴蝶兰和多肉竞相开花，惊艳了我和同事们。

能吃能睡的书童长成10个月的大胖猫，体重12斤，上蹿下跳，身轻如燕。我们吃饭，它跃上餐桌朝盘子碗里凑，大有从人嘴里夺食之势。每顿饭都要和它斗智斗勇，直到把美味的猫零食或猫罐头倒进地上的猫碗，它才肯下桌。我擦地，它以为我在和它做游戏，跟着狂颠乱跑，不仅总帮倒忙，屋里还难免猫毛飞扬。我患有过敏性鼻炎，这个冬天经常鼻流清涕、鼻痒鼻塞，吃了几盒药也未见好转，或许和猫毛有关。

夜深人静，我刚开了电脑，才敲下几个字，书童便跳上桌来，看看屏幕、踩踩键盘、抓抓鼠标，文档里多出一堆凌乱的符号。它心满意足，枕着我的手臂昏昏欲睡。我停止敲字，静静注视着它，满心的宠溺涌进眼底。女儿所宠，怎能不宠？在远方实习的女儿对书童牵肠挂肚，为让她放心，我哪能害怕喂食、喂水、铲屎、换猫砂等一连串的麻烦？

午后出门，小区广场上见一大姐，对着花池子上一只大白狗拍视频。大姐逗弄着白狗摆出各种姿势，狗张开嘴吐着舌头扭着脖子，一副不情不愿、懒得配合的样子。

"闺女在学校，天天在微信里向我要狗的照片、狗的视频……"大姐说这话时，满脸慈爱和温情，仿佛她的女儿正从学校里飞奔归来。

第二辑

波时花落，此时花开

一滴水里的花开

华北平原的芍药，五月中就已花事寥寥；五台山的芍药，六月末才一片明艳。山寺里燃烧的红芍药，绚丽如彩霞一般，与净朗的蓝天白云上下呼应，美不可言。

六月末，正值盛夏，是五台山的旅游旺季。很多人到这里享清凉、理佛事。灵鹫峰上的菩萨顶，游人如织，香客如云，烟雾缭绕。大雄宝殿前，苍苍古木下，几棵不起眼的"草"矮小瘦弱，长在古木根部砖砌的池子里。若不是那个驼背老人，这几棵"草"很难引人注意。

那个驼背老人，佝偻着身子，左手拎一个鼓鼓的蛇皮袋，袋口敞开，里面是矿泉水瓶和饮料瓶，右手捏着一个刚从垃圾箱里捡出的矿泉水瓶，瓶子底部是游人未喝光的清水。老人蹒跚着挪到古木下的池子边，停住脚步，左手放下蛇皮袋，拧开右手上的水瓶盖，缓缓地将瓶身靠近池子里的"草"，慢慢地把残余的清水倒下去。瓶口的细流很快变成水滴，老人甩甩瓶子，混浊的双眸慈怜地凝视着涓滴润泽的弱小，像面对自己瘦弱的孙辈。老人把袋里的瓶子一个一个小心地取出，将所有的矿泉水瓶都向着那几株"草"倒了一遍，甩了一遍。细弱的叶子鲜亮着，在清风中快乐地颤动。仔细一看，那几株"草"竟是小芙蓉花的幼苗。这个季节，我在的小城，植物园中、寻常百姓的小院里、马路边，小芙蓉的花朵早已开得格外灿烂。和老人交谈，他说，山上水少，早晚又冷，花草长得慢。不过，花开的时候，小芙蓉和芍药一样好看。

老人又将瓶子一个个装进蛇皮袋，拎着袋子离开池边。望着他苍老的背影，我心中涌动着一滴滴清水般的柔情，眼前璀璨着一片小芙蓉的花朵，和山寺里盛开的芍药一样明艳。

从五台山归来不久，我在新浪网看到贫困山区一个小学校长的博客。这位校长自称"行乞校长"，借助网络为学生们"乞求"精神食粮："一本书，哪怕是一本旧书，也可以点亮孩子一生的希望。"他梦想每一个孩子都能阅读更多的文化启蒙读本；他期待一点点来自远方的阳光将孩子们的人生之路照亮。置顶的博文中，有几幅山区留守儿童的生活照。照片中孩子们的衣衫只能用"黯淡""破旧""褴褛"等词语形容。最让人心疼的，是他们稚嫩的眼神中流露出的焦渴和迷茫。

一滴水的柔情在我的心中悄然流淌。我按照国家图书馆正式颁布的小学生基础阅读书目，在网络商城选了一部分图书，照博客上的地址、邮编、电话等信息填好订单，付了款。那是一个快递难以抵达的地址，付款一个多月后，已到了暑假之后的开学之时，订单中才出现包裹送达的信息。再点开那位校长的博客，看到他最近发布的博文："通过网络募捐，学校收到超过两万册、价值二十多万元的各类捐赠书籍……目前，还有各地捐赠的书籍在源源不断地寄往学校……"

我从网上购买的那些儿童书，多像五台山驼背老人的一滴水。千千万万滴水汇成温暖的细流，注入孩子们干涸的心田，润泽焦渴的眼神，冲尽目光中的迷茫，为他们的人生指引健康的方向。山区留守的孩子们，或许现在是山寺古木下细弱的小芙蓉幼苗，然而，经滴滴柔情不断浇灌，终会绽放出一片璨然，如六月芍药彩霞般明艳。

彼时花落，此时花开

"老师，他们叫我'小毛孩'。呜……"

课间，他站在办公室门口，擦一把眼泪，暂停住抽咽，委屈地告完状，又抽抽搭搭地呜咽起来。

"孩子，不哭。"蔡老师走到门口，伸出左臂揽住他的肩，右手轻轻为他拭泪。新生入学那天的一幕再次闪现在她眼前。

那天清晨，蔡老师早早进入新班教室，等来一个个好奇又兴奋的孩子。她根据个头高低，临时给孩子们安排了座位。几十个座位不一会儿就快坐满了。来得最晚的他刚进教室，一屋子的孩子就不约而同惊呼起来。身穿短袖上衣和短裤的他，额头、两腮、鼻翼、嘴的周围、脖子、胳膊、手、腿，全身上下露在外面的皮肤，汗毛浓密且色彩浓重，整个人黑乎乎的，与众不同。众目睽睽中，他神色黯然，垂头不语。九月初正是美好的初秋，校园里树犹绿、花尚好，可她隐隐感觉，他心中一朵叫"自尊"的花，在孩子们的惊呼声中败落了。小小的他可能还不知这朵落花的名字。

她拉起他的小手,在课桌间的过道里走,想给他安排座位,找个高矮差不多的同桌。过道两边的孩子们一个个躲闪,眼睛里蓄满害怕、抗拒的情绪,谁也不愿和他坐同桌。她只好暂时让他独自坐一桌。

入学一周了,还没有孩子愿意和这个小男生坐同桌。独坐一桌的他孤独、落寞,总皱着重墨似的浓眉,小脸显得更黑。他好像害怕进教室一般,连续几天都最后一个到校。上课时,他还没举过一次手。自尊心受伤的同时,快乐和自信的花也一同落了。虽然入学那天她就暗下决心要尽快让班里的孩子接纳他,给他健康、快乐的班级环境,但作为一年级的班主任,这一周她忙得像陀螺,对他的关心只限于几次目光的抚慰和一次温柔的谈话。面对哭泣的他,她不停地自责。

蔡老师揽着他的肩走进教室,活泼好动的孩子们停止了叽叽喳喳。在一双双小眼睛的注目下,他被老师揽着回到座位。上课铃响了,这节课本不是班主任的课,是蔡老师为了开班会和别的老师换了课。她先让孩子们诉说自己外貌方面的苦恼。有苦恼的孩子真不少,有的嫌自己太胖,有的嫌自己太矮,有的嫌自己长得黑,有的嫌自己眼睛小……蔡老师也把他从座位上叫起来。他自卑地低着头,表情尴尬,说出自己汗毛太多的苦恼。

孩子们一一诉说完,蔡老师才语重心长地发言:"很多人在外貌方面都有苦恼。老师知道人的外貌无法选择，所以同学们无论高矮胖瘦、黑白美丑，我都会同样看待。希望大家都不再因外貌方面的缺点而苦恼，也不要再给因外貌苦恼的同学起外号。大家可以选择的，是从一年级开始的努力，努力学习知识，努力提升能力，努力修养品德，努力让自己的内在世界变得丰富美好。"

班会之后，蔡老师忙里偷闲，每天的几个课间，有时看孩子们在教室嬉戏，有时拉孩子们到楼外做游戏。在教室看孩子们嬉戏时，她常坐在他座位旁和他聊天，没聊几句就有孩子围过来，和他们一起聊；到楼外做游戏时，她常一手拉着他，一手拉着另一个孩子，别的孩子想亲近老师，就拉住另一个孩子或者他的小手。聊天和游戏时，她有意识地渗透着团结友爱和互相尊重的教育。

又一周过去了，他到校早了，课堂上也偶尔会举起小手。蔡老师正式给全班孩子安排座位。她让孩子们站到楼道里，从矮到高安静地排成一长队，两两拉手进入教室，除了照顾个别视力有问题的孩子，都是矮个儿的坐前排，高个儿的往后坐。轮到他进教室了，紧挨着他的男生没有躲闪，愉快地拉起他的小手往教室里走。他扭头看蔡老师的那一刻，墨似的浓眉自然地舒展着，内心藏不住的兴奋在眼睛里荡漾，黑乎乎的小脸反射着一层阳光。她欣慰地笑了，在这个小男生心中，自尊的花又开了。

这个班的孩子被蔡老师带到小学毕业。她的手机相册里存了很多张孩子们的照片。其中有一张，用粉笔字写着"课外阅读分享会"的黑板前，小小的男孩儿站在讲桌后，黑乎乎的小脸对着捧在胸前的《孔子的故事》，眉目之间开着专注从容的花——那是二年级时的他。操场主席台上，挺拔的男生手拿话筒，汗毛浓重的脸对着台下，张开口演讲着什么，睿智明亮的双眸镜子一般照出他心中自信的花——那是六年级时的他。客厅里，坐在沙发上的小伙子比身边的蔡老师高了半头，他黑乎乎的脸上笑容灿烂，身前一大束感恩的鲜花五彩斑斓——那是刚拿到双一流大学录取通知书，去蔡老师家里致谢的他。蔡老师说，他很小的时候就懂得感恩了。大概上三四年级的时候吧，他感冒咳嗽，课间她从办公室端着水送到教室；她嗓子沙哑，他用自己的零花钱给她买来好几盒药。

　　蔡老师只是普通老师中的一员。无数普通的教育者，用露珠般琐碎的细节润泽着一个个孩子的成长，虽然有些辛苦，但更多的是幸福、快乐。辛苦常源于彼时花落，幸福总因为此时花开，快乐多来自希望的硕果。

为师的心

"您穿过一件套头衫，蓝白相间的横格子，还有一条萝卜裤，深红浅红搭配的方格子。周末，我缠着爸妈带我去服装市场，转来转去，终于买到同款。回家穿在身上，对着一块小黑板儿，模仿您在讲台上的样子，心里别提有多美……"

来办公室看我的漂亮女孩儿，忆起模仿我穿衣的细节，如数家珍。她记忆中的我正青春，朝气蓬勃，轻易就赢得学生的喜欢。不止一次，在教室窗外，我瞥见活泼矮小的身影，在黑板和讲桌间，擎着粉笔或举着教鞭，一本正经地模仿我的样子，一笔一画写字，大模大样指点。发现被老师偷窥的瞬间，吐吐舌头，羞赧一笑，泥鳅般钻回座位。

被模仿的时刻，为师的心是"开心"。小学校园里，孩子们模仿老师的一颦一笑、一举一动，都如镜子般清晰地照出我的影子，洋溢出他们对老师的喜欢。

"江山代有才人出"，许多长大的学生早已超越老师，却笑望着我总结道："您一直被模仿，却从未被超越。"

中师毕业后，我做了小学语文老师兼班主任。为了不被超越，忙碌的工作之余，我走上自我修养、循序提升的长路。十余年过去，我自学完汉语言文学教育专科、本科的课程，底蕴丰富了些，工作渐入佳境，给全校、全市上公开课和示范课成为常事。业余喜爱的工笔画我也坚持下来。我竞聘到初中任教那年，一幅《盛世繁花》摘得市艺术节一等奖的桂冠。

艺术节后，《盛世繁花》的卷轴被悬挂于教学楼内校长室外的白墙上。我的弟子们围在卷轴前，对着画面上活色生香的繁花，个个双眸发亮，一脸崇敬。《盛世繁花》是我画的最后一幅工笔画。教了初中后，教学和班务的担子更重。我忍痛割爱，放下执了多年的画笔，将心力倾注于母语课程和班级管理。与精益求精的常规教学同步，我还致力于教学研究，主持科研课题，做阅读的榜样、作文的示范，圆做优秀语文老师的梦想。

课堂内外挥洒汗水的日子，为师的心是一颗"专心"。心无二用，全力以赴。

六年级的大扫除，两个顽皮的小子怒目相视；中考前的课间，两个青春期的男生拳脚相对……面对那些摩擦的瞬间，为师的心是一颗"忧心"。苦口婆心，费尽心思，心心念念为他们化解矛盾。

高考的那两日，我住的小城里朋友圈热传着一张照片：胸前挂有"工作人员"标志的中年男老师,弯着腰,低着头,结实的双臂环向背后,朝着教学楼的方向沉稳迈步。他背上驮着的高个子女生,裸露的左脚打着石膏。女生因崴脚不能行走,每场考试前,在校门口,她从送考的父亲背上下来,被男老师小心翼翼地背入考场。每考完一场,再被他从考场背出校门。

高考前,医院里,患病的高三女生付巧正在治疗的焦虑中紧张复习。她收到一本寄自远方的数学"课本",那是80岁退休教师杜仲方专门为她手写的珍贵复习资料。狭窄的治疗空间因此成了"梦开始的教室"。

成长的路上难免会有疾病和伤痛,为师的心常常是寻常的"担心",是特别的"关心",是到了"落红"年纪依然"护花"的心。

教师节前,我在夜色中散步,顺路给学生送去我刚出版的书。记忆中稚嫩的娃娃已成了贤妻良母。新书扉页写着我和学生共勉的寄语:"心头常养一抹春光,给生活押上温暖而充满生机的韵脚。"师生推心置腹畅谈到深夜,依依挥手时相约,国庆节一起去参加婚礼,共同送上酝酿醇厚的祝福。曾经爱模仿我穿衣的漂亮女孩儿,经历山重水复的爱情,终将步入柳暗花明的幸福婚姻,为师的心是"舒心",是"放心"。

如今在教研岗位,回望与学生朝夕共处的校园时光,我不由生出一颗感恩的心。21年的教书生涯,将我的心修炼得和无数为师者的心一样丰盈富裕。爱心、热心、诚心，上进心、自尊心、自信心、同理心，心灵手巧、心明眼亮、心中有数、心胸豁达、心花怒放、心旷神怡……为师的心愿，是让这些与心有关的美好词语常伴为师，也常伴满天下的桃李。

四季生春

城东高楼间藏着条春生胡同,春生胡同藏着同事的居所。清冷的深秋,我们一行人从同事的居所出来,每人双手拎几袋蔬果,鲜绿、嫩白、橙黄、火红、深紫……内心温暖荡漾,感觉拎着五颜六色的春天。

回头望,目送客人的同事和他爱人,两张脸笑成两颗晴暖的春阳。笑容朗照的院墙外,长有杏树、枣树、梨树、忍冬、枸杞、月季、薄荷,黄的、绿的叶儿,红彤彤的果儿,金闪闪、粉艳艳的花儿,一片斑斓。我们口中道着别,脚步却留恋着不愿离开。

院墙内,藏着层次和内容更为丰富的斑斓。院门内的葡萄架上,一串串淡紫的葡萄剔透诱人。院子不大,玉兰树、李子树、银杏树都茁实挺拔,主干的布局如圆鼎稳健的三足。二层小楼坐北朝南,东厢房下有两大盆无花果,西厢房下有一架凌霄、一架金银花,它们的枝叶藤蔓也都健壮。

"这葡萄结得特别多,每年都留下几串养眼。"我们进院时,同事的爱人指着架上的葡萄兴奋地向我们介绍。大约一个月之前，办公室的十个人每人收到同事送的两三串葡萄，甜润清醇，想必就是这架上的。更久之前，我们还品尝过微甜的无花果、酸甜的杏和李子，以及各种绿色的菜蔬。

"春天，紫色的玉兰花、白色的李子花开得家里家外都是香气；再过一周，银杏叶就黄透了，树上一片金黄，地上一片黄金，到时候来我家涮菜吧！"同事的爱人仰脸笑看树上的枝叶，又是回味，又是憧憬，又是邀约。

我站在院子里，想象花叶色香之魅的同时，心底暗生疑问：菜在哪里？

随着同事和他爱人登上扶梯，先到东厢房顶，再到二楼房顶，我们眼花缭乱，惊叹丛出，艳羡迭生。屋顶辟成的田园蓬勃着多少种植物啊！蒜、姜、辣椒、菜花、茄子、南瓜、竹笋、木耳菜、圆白菜、圣女果、绣球、菊花、欧月、草莓、树莓、金桔、火龙果……数不清的蔬菜花果拼接出立体多姿的五彩斑斓。最惹眼的色彩是葱、白菜、韭菜、芫荽、胡萝卜等清鲜茂盛的新绿。斑斓间移步，宛如置身生机浩荡的春天。在这空中的田园，我居然见到久违的高粱，几十株挺拔的秸秆都擎着穗大粒满的丰收之喜。同事的爱人说，春天和夏天这里生长的东西更多。两位主人热情四溢，举止神情和言谈笑语中都生长着春天。下扶梯时，每个客人的双手都拎着几袋子主人馈赠的斑斓春天。

二层小楼内蓬勃着另几种生机，隐藏着别样的斑斓。三只猫、一只狗，健壮活泼，在一楼客厅自由地嬉戏。其中那只黑灰豹纹的猫，本是又脏又瘦的流浪猫，发现屋顶上的田园，怯生生地不肯离开。主人温情地接纳了它，喂食喂水，收拾屎尿，为它洗澡梳毛，送它好听的名字"黑梨花"。"黑梨花"的幸福生活从此盎然绽放。二楼客厅里，几件茶几桌案是古朴中透着时尚的艺术品。这些竟多是别人抛弃的旧东西，同事将其捡回家来，细细打磨，用心修理，上漆着色，让弃物生出艺术的雅致。在这种艺术氛围中，墙上一组醒目的照片引人注意：同事的女儿像一株静静生长的奇丽花树，青春自信，从容脱俗，浑身散射着艺术的阳光。女儿幼时，像树荫下的小苗一样羞怯柔弱，在父母悉心培育下，如愿成为知名大学名牌专业的翘楚。二楼书房四壁的格子架上，分门别类、整齐摆列的图书多达千余册。

同事和他爱人都是我的同行。同事负责全市的科学教研，他爱人在城里的小学教语文。两人都工作忙碌、身体单薄，把面积不大的家经营成小小的植物园、动物园、图书馆，其间辛苦，可想而知。单是种植一事，在难得的休息时光，要从远处挖土运回送到房顶，要拉粪施肥，要买种播种，要育秧栽苗，要浇水除草捉虫……花果蔬菜，全不施药剂，四季的长势都如春天。将那么多绿色产品分享给客人，是寻常事。频繁造访的客人是学生们。科学课本和语文课本里提及的植物，作业中布置观察的猫狗等动物，书店买不到、学校借不到的图书，他们家几乎都有。孩子们来到家里，观察植物，亲近动物，阅读书刊，诵读田园诗词，体验生长的神奇，分享蔬菜花果，也分享勤劳和热爱的良种。

"老师，您送我的种子出芽啦！"

"老师，您送我的火龙果秧苗长大结果啦！"

"老师，你们家的猫咪和狗狗太可爱啦！看了我写的作文，爸妈终于同意我养宠物啦！"

"老师，小学毕业两年了，我的手机照片里还珍藏着你们家屋顶上的公鸡、母鸡、蜜蜂、蜻蜓和蚂蚁……"

……

叶圣陶说："教育是农业而不是工业。"做教育事业的同事和他爱人，把村子里的小家开辟成绿色成长的肥沃田园。

猫狗悠然地在客厅玩耍，窗台上一行喜人的新绿。一队孩子冲进院子，跑进屋子。同事的爱人被孩子们包围着，对着泡沫箱里培育的新绿秧苗，微笑着指点着，讲解着示范着，与她略微沙哑的温声暖语呼应的，是清脆葱茏的愉悦童声。这是同事录制珍存的视频，在萧瑟冬天的背景中，生发出一片生机勃勃的春天。

勤劳的双手，热爱的匠心，让四季春意盎生。

镜子里的父亲

　　父亲连四个儿女都认不清了。家里进进出出的孩子们被他张冠李戴，成了家常便饭。幸亏孩子多，母亲又看得紧，不然父亲独自走出去，可能再也找不回家门。

　　父亲把许多曾经牢记的东西忘得一干二净，照镜子的习惯却没丢，苍老的面容每天出现在卧室桌上的半身镜里。

　　坐于桌上的半身镜和镜子里的父亲一样老态龙钟，金属边框的斑斑锈迹怎么擦也擦不掉了，就像父亲脸上再也无法舒展开的皱纹、再也洗不掉的老年斑。

　　镜面还是很干净的，镜中影像依然清晰。镜子斜对着卧室门，父亲坐在桌前，母亲和孩子们一进卧室，就能看到镜子里的父亲：头发花白稀疏，脸又黑又瘦，被皱纹和老年斑包围的双眼向左上方略微仰起，呆滞的眸子焕发着光泽。

　　一张写有金色字的红纸贴在镜面左上方。崭新红纸上的金色字，最醒目的是"奖"字和父亲的名字。父母随儿子刚搬进新家不久，红纸上的金色字是小女儿新写的。

50岁的小女儿模糊地记得，自己刚上一年级那年，秋收时节，第一次看到这面镜子，第一次从这面镜子里看到父亲：头发黑亮浓密，饱满红润的脸神采飞扬，笑眯眯的眼略微向左上方抬起，煞是明亮好看。父亲双唇微噘，欢快的口哨儿声跳跃在屋子里。她站在父亲腿边，仰起小脸，指着镜子左上方写有金色字的红纸，问："爸爸，纸上的字念什么？"父亲高声教她念红纸上的字，把"奖"字和他自己的名字念得很响。

"当了十几年孩子王，奖你一块镜子就美成这样了！好不容易回来一趟，还不赶紧帮帮我……"刚才在院子里摘花生的母亲走进屋，招呼父亲帮她干活。风华正茂的父亲在偏远小镇的初中教数学，担任班主任，兼管学校食堂。虽然家离学校很近，但除了周末，他很少有时间回家。家里、地里，母亲都是主劳力；孩子们学习之余，小小年纪就都学会洗衣做饭、打扫房间和院子，春种、夏耘、秋收，都能给母亲搭把手。母亲起早贪黑地操劳，疲惫难耐时就埋怨父亲不顾家；孩子们心疼母亲，也暗暗对父亲心生不满。

小女儿清楚地记得，自己上五年级的那年春节，外村一对夫妻带着他们的儿子到家里拜年，一进门就让儿子给父母磕头。那男孩在父亲班里读书，在学校住宿。男孩身体瘦弱，爱闹小毛病，父亲对他的饮食起居格外上心，偶尔还开小灶给他加营养餐。那对夫妻在外打工，无暇照顾孩子，领孩子来拜谢父亲，请求父母收孩子做干儿子。母亲觉得自家儿女好几个，自己家的孩子都没怎么得到父亲关心，不能再添个别人家的孩子。然而，父亲不顾母亲反对，执意认下这个干儿子。后来，他的这个干儿子成了村里第一个考上重点医科大学的人，毕业后进入北京大医院，成了救死扶伤的白衣天使。

小女儿上了初中，才知道父亲的田在校园里。小女儿的教室和父亲上课的教室在同一排平房，父亲讲课的男高音常飘进她耳朵里；偶尔去办公室找父亲，他不是埋头在教材、备课本和作业堆里，就是被问问题的学生包围着；在学校菜园子里看到父亲时，他忙碌得像个地道的农民。披着阳光行走如风的父亲，黑发间闪烁出根根银丝。初中毕业后，小女儿听从父亲的建议，考入师范学校，毕业后和父亲成了同事。

想起父亲退休时的细节，小女儿鼻子还酸酸的。欢送会结束，父亲在工作过几十年的办公室坐了好一会儿，又去为食堂供应过无数茬绿色蔬菜的园子里忙到夕阳落下。前一天还行走如风的父亲，离开学校那天，忽然现出蹒跚之态。回家后，父亲坐在卧室桌前长吁短叹。镜子里的父亲头发花白，还算饱满的脸庞丢了神采，一向炯炯有神的双眼也暗淡了。昔日的红纸金字，因严重褪色而面目模糊。父亲抬起左手，轻轻抚摸着纸条和字迹，叹了口气，对进屋喊他吃饭的小女儿说："你字写得好，照葫芦画瓢，给我换一张新的吧。"

新的红纸金字换上去，镜子里父亲微微向左上方抬着的眼睛又开始发亮，脸上的神采也仿佛在学校时那样。

20年后，卧室的镜子里，80岁的父亲鹤发童颜、神采奕奕。桃李满天下的父亲、三个女儿、大姑爷和小儿子的媳妇都在学校里耕耘着教育的"田"。

一场意外的车祸令大女儿的丈夫离世。父亲的脸再出现在镜子里时暴瘦了许多，皱纹纵横，斑点密布，朝左上方抬起的双眼目光呆滞。车祸带走的大姑爷是父亲的学生，是与他一样在学校种教育田的优秀教师。

父亲伤心过度，患上阿尔茨海默症，连老伴和儿女都认不清了，经常坐在卧室桌前对着镜子发呆。镜子左上方的红纸金字，已经被小女儿换过多次。

晚上，四个儿女都在，扫地、铺床、洗衣，给父亲洗脚、剪指甲。父亲呆滞的双目突然发亮："你们回来看我了！我的学生们个个优秀、个个懂事！"他得意地夸赞着他认错了的孩子们，瘦削的脸上皱纹舞动，斑点欢跃。

端午节，父亲正坐在镜子前发呆，有客人被母亲领进卧室。

"你看谁来了？"

镜子里，一张激动的脸凑近父亲的脸。父亲微微上抬的呆滞双眼焕发出奕奕的神采："干儿子来看我了！"

站在父亲身边的，正是从北京回来探亲的干儿子。

阴影里的光源

新学期,她走进新班级上第一课。前排靠墙坐的男孩儿,面黄肌瘦,头大身子细,看上去营养不良,让她想到小说《红岩》里的小萝卜头。男孩儿浓眉下一双大眼睛,一会儿迷迷糊糊,一会儿愣愣怔怔,一会儿眼珠滴溜儿转。眼睛迷糊和愣怔的时候他还算安静,但当他眼珠转动时,他开始抓耳挠腮,瘦弱的身子在座位上扭动,凳子发出异样的声响。

显然,哪怕是她这个新班主任的语文课,男孩儿也心不在焉。

刚开学那几天,课上课下,他总是会因好动厌学之举惹出点小麻烦,惹得全班同学注目,惹得她一次次皱眉。

体育课前,他举起拳头要打班里一个女生。女生哭哭啼啼地来到办公室,他也横眉怒目跟进来,还紧紧攥着两只拳头。没等女生告状,他先气呼呼地开了口:"她说我妈妈……"话说了一半,他的喉咙就哽住了,几颗泪珠滚落到两腮。

她简单询问过事情的原委后,分别批评和安慰了他和女生几句,上课铃一响，便让他们去操场上体育课。

她去教室讲桌上拿备课本，才发现男孩儿没去操场。空荡荡的教室里，他一动不动地坐在座位上，脸颊挂着两行泪，泪汪汪的大眼睛对着桌上一本打开的书。书页上有一幅插图，一位年轻妈妈，左臂搂着偎在怀里的孩子，右手指着窗外的星星，嘴巴微张，好像在给孩子讲故事。她静悄悄地站在男孩儿身边，心中飘浮着一朵疑惑的云。男孩儿抬头看见她，忙不迭用双手抹两颊的泪，抹出一脸潮湿的尴尬。他像一只受惊的小鹿，迅速合上书塞进书包，闪身离开座位，瞬间跑出教室。她心中那朵疑惑的云上有怜爱的光芒在晃。

她悄悄关注男孩儿，很快了解清楚情况。男孩儿的妈妈在他三岁时就离家出走了，七年间杳无音信。家里只剩下他和爸爸相依为命。爸爸独自拉扯他，在村里开着个小商店，同时修理自行车，因为住的位置偏，生意惨淡。他爸爸身体不好，经常吃药。村里邻居夸他，才十岁的孩子，给爸爸买药、熬药、做饭、洗衣服，手脚真勤快。夸完，邻居叹一句："没妈的孩子让人心疼啊！"疑惑的云飘落下去，她的心底有些潮湿，心中怜爱的太阳散出光芒。

习作课上，同学们的笔尖在纸上沙沙起舞，合奏出优美的轻音乐。乐曲中突然蹦出不和谐的音符，男孩儿的凳子又响了。她走到他身后，他刚才还挺直扭动的上身向桌面俯下去。他握笔写字，姿势不对，字歪歪扭扭。她轻轻拿过他的笔，示范正确的握笔姿势，写下几个规范、端正的漂亮汉字。男孩儿的旧上衣，右肘部位开了线，裂开一寸多长的口子。

课间，她把男孩儿带到办公室。他以为要挨批评，歪着脑袋不吭声。她从办公桌抽屉里取出针线，帮他脱下上衣，翻过开线的衣袖，熟练地穿针引线，细密的针脚缝合了肘部的口子。男孩儿穿上衣服，第一次说出"谢谢老师"这句话。她摸摸他的头说："以后有什么困难，就和老师说，我帮你解决。"男孩儿点点头，眼眶里笼上一层雾。

又是一节习作课，教材中的习作题要求给亲人写一封信。男孩儿被沙沙的轻音乐包围着，头一动不动地伏在桌子上。她走过去轻抚他瘦瘦的肩膀。他抬起头，吸了吸鼻子，眼圈儿红红的。他方才压着的本子，打开的那页格纸上一个字还没写。

她在班里设了个"悄悄话"信箱，谁有快乐或者烦恼、忧伤等，可以给她写信，悄悄塞进信箱。

老师：

您好！晚上我自己在一个屋子里睡觉，经常听到妈妈站在床头叫我的名字，我睁开眼她就不见了。半夜我总是哭醒。我真羡慕别的同学，他们都有妈妈。我非常想念我妈妈，您说她能回来吗？

第一封信没有署名，纸上的字歪歪扭扭。看内容和字迹，她知道是男孩儿写的。短短的几行字，看得她双眼模糊。放学有一会儿了，乡村校园由喧闹回归了宁静。她提起笔，给男孩儿回信。

孩子：

你好！"日有所思，夜有所梦。"你太想念妈妈了，所以常常梦到她。妈妈也许有什么难言之隐，迫不得已才一走了之。老师也很希望她能回来，你们一家人能团圆。她如果不回来，你也不要恨她，更别让自己陷入无边的痛苦中。你会慢慢长成顶天立地的男子汉，也终究会明白，每个人心中都难免有缺憾的阴影，但生活中也不缺少温暖的阳光。你妈妈没回家的日子，老师做你的妈妈好吗？希望经常收到你的信，希望你健康成长，希望常有一束光把你心中的阴影照亮。

爱你的老师妈妈

信箱打开过多少次？有没有给男孩儿带过亲手包的肉包和粽子？男孩儿的衣服自己缝补过几回？带女儿买衣服时是否给男孩也买过衣服？……这些她记不清了。但她清楚地记得，后来，课堂上不和谐的音符消失了，歪歪扭扭的字迹工整了，男孩儿给她带过几块儿家里卖的点心，放学后趁她在办公室加班偷偷给她修理、擦净过自行车……

15年后的教师节，她收到来自遥远边疆的微信。微信内容除了送给她节日祝福，还感谢她这颗名为"老师妈妈"的太阳，让他心灵的阴影里有了温暖的光源。

微信发来的照片上，个子不高却健康结实的青年，黝黑的脸上挂着微笑，一双大眼睛炯炯有神。

青年是长大的男孩儿。男孩儿的妈妈至今没有消息，他心中的阴影也一直没有消失。男孩儿去边疆当兵已经几年，他常常回忆老师做"妈妈"的日子，每每忆起，心中的阴影就被暖暖的阳光照亮。

老师的珍藏

城市街头的一次邂逅，老师凝目一端详，温柔地喊出一个名字。惊喜应声的优雅女子是老师的学生。这是学生与老师久别后的重逢。

退休的老师，身形和面庞在漫长的岁月中缩了水，披肩的黑发间混进不少银丝，言谈举止却优雅如初。三十多年前，风致优雅的老师刚大学毕业，身形高挑，面庞似皎洁的满月，披肩的黑发滑如素缎。刚升入初中的学生正值豆蔻年华，喜欢老师美好的模样，爱上了老师活力四射的语文课。

学生去拜访搬到城里不久的老师，在书房，一眼认出三十多年前老师宿舍里的红皮箱。老师结婚时，婚房就是乡村校园的教工宿舍，红皮箱是老师的嫁妆。曾经崭新的红在漫长的时光里褪了色，红得不再那么晃眼。从一尘不染的外观依然能感受到老师对箱子的珍爱。

红皮箱被老师小心翼翼地打开。满满一箱藏品，在学生意料之外，也在她意料之中。

一本大相册收藏着老师和所教各届学生的合影、单人照。学生是老师教的第一届学生，相册封面一翻开，六张发黄的黑白照片立刻浮现在她眼底。她很快在一张合影中找到了年少时的自己：一个婷婷的女孩儿站在老师身后，两条麻花辫儿垂到胸前，笑容如葵花一样灿烂。老师坐在前排，长发披肩，饱满的圆脸盘儿漾起阳光一样温暖的笑容。

相册中夹着一枚塑封的树叶标本。干透的树叶呈枯褐色，是普普通通的梧桐叶。叶面上用墨水笔认真写画的痕迹依稀可辨，大的心形中，三行字连成一句话："我永远爱您，最美最好的老师！"句子右下角署着学生的一位初中同学的名字。

老师的讲述清晰地还原了三十多年前深秋的一幕。

下午正上课，窗外一阵疾风迅雨，教室门前的梧桐树叶被卷落一地。放学时，风停雨住，树上树下全是湿漉漉的金色落叶。老师带几个学生打扫落叶时，给他们背诵了六七句写秋天梧桐的诗词：

"人烟寒橘柚，秋色老梧桐。"

"寂寞梧桐深院锁清秋。"

"梧桐更兼细雨，到黄昏，点点滴滴。"

……

背诵出句子，老师又一句句耐心讲解，最后总结说，秋天的梧桐在古诗词中多寄托寂寞、感伤的情绪。

不识愁滋味的学生们，一边听一边嘻嘻哈哈。一位女同学问："老师，这秋天的梧桐叶像金色的手掌一样，多漂亮啊！可以送人寄托积极的感情吗？"老师微笑着点头。

第二天，老师就收到了一枚漂亮的梧桐叶：金黄通透，叶面上用黑色墨水笔画了个大的心形，"心"中抒发了对老师的喜爱。老师把叶子做成标本，收为藏品。

老师从红皮箱里取出一个厚厚的牛皮纸袋，轻轻打开袋口，抽出厚厚一摞作文纸。从上到下，年代由远及近，各届学生的优秀作文，笔迹各不相同。最上面的一沓，纸张已发黄变脆，学生黑、蓝笔迹的作文，老师红色笔迹的批改，面目依然清晰。最上面一篇作文是写老师的，字迹工工整整，有两个句子下画着红双圈："老师满月般的圆脸庞，总挂着太阳般温暖的微笑。讲台上的'太阳'莞尔一笑，座位上的葵花脸就都灿烂起来。"这竟是她的作文！她激动得心潮澎湃，潮湿的浪花默默向眼眶涌来。久远模糊的记忆被唤醒了。初中作文讲评课上，老师不止一次让她站到讲台上朗读自己的作文，每次读后都让她在作文纸上工整地誊写一遍上交。

老师说，这些作文里藏着一届届学生成长的气息和灵思妙笔，都是范文，曾把她的作文读给最后一届学生听。

红皮箱内的藏品各式各样，老师清晰讲述的细节让学生想到自己的珍藏。

她教小学语文有二十几年了，送走的毕业生已有好几届。她的藏品更是五花八门。早期藏品多是实物，分门别类地藏在家和单位的书橱里，如照片、树叶标本、优秀习作、诗词手抄报、硬笔书法作品、花名册、课程表、小纸条、感谢信……近期藏品多以照片、视频、文档等形式藏在电脑和手机里。

她的电脑文件夹里藏有刚毕业学生的优秀习作集。她为每篇习作配上了插图，亲自设计了封面和扉页。她把习作集打印出来，装订成书，学生人手一册留作纪念。习作集的电子稿将被她永久珍藏。

她的手机相册里藏有一张协议照片，内容为从某天起，某小孩不得再啃指甲，她负责每日监督，定期检查指甲状况。某小孩是她的学生，曾经咬指甲成癖，指甲光秃秃露着齿痕。那张协议和她的监督、检查，治愈了那孩子病态的指甲。

啃指甲的孩子刚大学毕业，初入高中教语文，风致优雅，长发披肩，面容皎皎，酷似她初中时代的语文老师。

更丰富多彩、鲜活生动的珍藏在她的记忆里。

学生的珍藏与老师的珍藏一样，藏着一批批学生成长的脚印，藏着一代代老师日复一日、年复一年的心血，藏着重复岁月不断出新的欣喜。

领着春天来敲门

每逢春节近，我都在心底埋一颗期待的种子，任它默默膨胀，悄悄发芽，渐渐展开希望的绿，开出祝福的花。待到学生来敲门，一年的春光便在我的客厅启程。几乎年年必至的，是我第一届学生中的小班长。

又近春节，我准备好崭新的压岁钱，盼望小班长领着春天来敲门。

自从小学三年级时成为我的学生，小班长心底辐射出的春意表现为尽责、勤奋、善良、热心的品质，就像春日里晴暖的阳光，从未有过消减。随我读书做小班长时，他四年如一日早出晚归地开门、锁门；我嗓子沙哑期间，他代我讲课；我重感冒休息时，他带同学穿大半座城到我家中探望；周末师生郊游时，他悉心照顾我的小女儿，被称"超级保姆"……小学毕业，小班长读中学，上大学，打工创业，结婚育儿，离开了二十几年，仍如春意赴季节的邀约，坚持春节来拜年。师生闲坐，笑语可亲，一边聊天一边包饺子更是春意喜人。

　　小班长家的春天却比别的同学来得晚。春节假日，被他感动的同时，我曾为他伤过神、操过心。大学毕业前，他组织小学同学和我欢聚一堂，集体陪我迎新春。聚会结束，得知他母亲已患绝症离世，落泪叹惋的同时，我的感动更深。小班长的婚姻比同学们晚了好几年。获悉学生们一个个喜结良缘、生儿育女，连续几年春节迎来他孤单的笑脸，难免口头催促，心头发愁。在他而立之年的春节，我安排他和另一个未恋爱的女生相聚，有意撮合却未能遂心。

　　33岁时，小班长终于邂逅知心爱人。我喜洋洋地去参加他的婚礼，犹如奔赴一场春天的盛会。

　　年复一年春光盈门，小班长已年近不惑。他微信头像上的娃娃，白嫩嫩的脸蛋胖嘟嘟，黑亮亮的眸子笑盈盈，酷似微缩版的小班长。娃娃是他3岁的小女儿，名字叫春天。满身春意的小班长，迟来的幸福渐渐浓郁。然而家家户户的幸福都非一帆风顺，山重水复后的柳暗花明才愈发令人精神愉悦。做过多年培训师的他口才一流，成为公司管理层人员，步入婚姻殿堂后，也免不了面对夫妻分歧，化解家庭矛盾。

　　迎春的日子，一个初做父亲的小伙儿通过微信向我求助，因媳妇和母亲闹矛盾，愤然带娃回了娘家，闹到要离婚的境地。因缺乏类似经验，我指点起来自觉心虚。忽忆起小班长曾成功处理媳妇和父亲的矛盾，便请他助力。小班长主动加了小伙儿的微信。只隔了一晚，小伙儿就发来道谢信息，夸我学生情商高，分析问题头头是道。原来，小班长结合自家公媳矛盾现身说法，帮他分析了婆媳矛盾的普遍性和产生原因，并为其出谋划策，提供了解决矛盾的建议，还告诉他只要夫妻真心相爱，所有矛盾都是小问题。

我憧憬着，春节假日，小班长领着小春天来敲门。小春天的血脉里一定流淌着父亲传递给她的春意；小班长的生命春意里一定也有我传递给他的一份吧？因为别人对我们的言行可模糊照见我们的影子。作为教育者，春来之际，写一个女儿叫春天的小班长的故事，也是为了祝福天下师生与父母子女，一届一届、一代一代，将尘世间的春意传递下去。

书信保鲜的深情厚谊

读李叔同的《书信选》，书中写给刘质平的 101 封信中，李叔同在 1917 年写于杭州的一封，信末叮嘱："此函阅后焚去。"

多年后，我捧书默读这封八百余字的信，李叔同对刘质平的殷殷关切、拳拳真情，如和风温馨轻拂，似旭日晴明朗照，若清溪纯净洗濯。我一读再读，心中感动充盈，膨胀着一个不染尘垢的暖春。

当年阅信的刘质平，内心的感动定胜我百倍，怎么可能将这封信烧毁呢？

李叔同写这封信时，在浙江省立第一师范学校任音乐和图画课教师。刘质平是李叔同的学生，1916 年师范毕业后，在李叔同的鼓励和资助下，留学日本，在东京音乐学校学习音乐理论和钢琴，同时研究艺术教育。收此信时，家境贫寒的质平正面临不能继续交学费的困境。学业出众的质平在寄给老师的信中，大概诉说了担心半途辍学的苦闷，提到过"自杀"的字眼，因为叔同的信将结尾时，要求质平必须听从、不可违背的意见中，有一句"自杀之事不可再想"。

"质平仁弟"——生于1880年的叔同老师，对生于1896年的学生如此亲切地称呼。书信开头，老师无奈道出"求人甚难"的现实，告诉质平申请公费支持的事，虽为他拜托了"经先生"，但"恐难如愿"。学费断绝，如何完成学业呢？老师说，困难之时，自己可以"量力"相助，前提是没有意外变化，学校的薪水必须按时发。

接着，老师详细列出自己的收入和支出：每月收入薪水105元，给家中寄回65元，逢年过节还需另加，自己吃饭、零用、应酬添衣等共20元。如果不再多花费，每月余下的20元就可作为学生的学费。在日本，如果不买书买物、交际游览，每月20元已经够用。老师预计自己将来的薪水"大约有减无增"，"但再减去五元，仍无大妨碍"，因为他自己用的钱，可以再节省。如果再多减，或者因为患大病、从学校辞职、时局有变而不能发薪水，这份资助就不能保证了。

书信后半部分内容，李叔同提出四条必须由质平认可实行的约定：每月20元是赠款，并非借贷，无需偿还；赠款的事不可和他人谈起；赠款期限从质平家族不给学费时起，到质平毕业为止，如有变故或减薪，就不能赠款或减少赠款；质平必须听从老师意见，按部就班用功，注意卫生，痛除心高气浮的障碍，"自杀之事不可再想"。书信结尾，叔同表示资助学费的事自己不会向他人提及，特别缀上"此函阅后焚去"的叮嘱。此信读后烧毁，资助之事只有师生两人知晓，六字叮嘱里注入了对学生心灵的千钧尊重、万般呵护。

写这封信时，李叔同兼任南京高等师范学校的音乐和图画课教师，之前书信中曾写"汽车往来于二百里，亦一大苦事也"，可见老师的薪水赚得非常不容易。

李叔同给刘质平的信中，不止一次记下自己或家人给质平汇款，也写到赠质平藏书和衣服。钱物相助的诸多细节，让读者感觉叔同就是质平的敦厚兄长、慈爱父亲。李叔同作为优秀的教育家，信中也有很多对质平精神上的指引。质平倾诉卧病之苦，他勉励学生"镇定精神""苦中寻乐"，读《论语》之类的格言修养胸中境界；质平请老师送格言，他不厌其烦写下数条，如"不虚心便如以水沃石，一毫进入不得""自己有好处要掩藏几分，这是涵育以养深""别人不好处要掩藏几分，这是浑厚以养大""宜静默，宜从容，宜谨严，宜俭约"，教诲学生虚心宽厚、宁静从容、严谨节俭；质平学业遇到阻碍，他劝慰说越学越难是进步的表现，不必过度忧虑，自寻烦恼。

薄薄的书信一封接一封，衔接成一片风平浪静的师爱之海，把学生的生命之舟从晦暗的旋涡送向光明的彼岸。

刘质平不负师恩，学成归国，成为中国现代著名的音乐教育家。他终身感念师恩，寸草之心常报春晖。学生的感恩之举，在李叔同给质平的信中有很多字句可以见证：李叔同出家为僧后，没有了经济来源，质平给老师寄钱、寄书、寄书画用纸、寄食物和药品、做衣服寄衣服，募集资金帮老师印书。老师信中言语溢出的情感，有欣慰，有骄傲，有感激，始终贯穿着慈悲的爱意。

白马湖畔的"晚晴山房"，是刘质平和同为李叔同弟子的丰子恺、夏丏尊等人集资修筑供老师居住的。

先生如兄如父，学生如弟如子，师生几十年交往的深情厚谊，在一封封书信中得以保鲜。书信往来时代的和风、旭日、清溪，仍能拂照、净化今日和后世的读者仁心。

第三辑

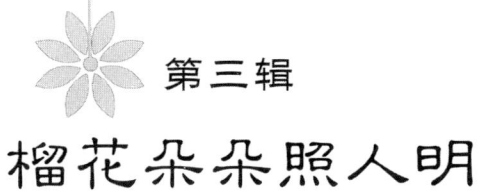

榴花朵朵照人明

我要开花

搬家时，别人送我一盆君子兰。因忙于工作、家务，生活的节奏简单而迅疾，自幼喜欢花草的我心有余而力不足。这盆君子兰移居我家几年，一直没能享受什么特殊的待遇，天暖时在小院的南墙下饱受风吹日晒，天寒时便躲在屋内一个不起眼的角落里寂寞度日。

几年后，刚刚入冬的一天，楼上的老人敲开我家房门，问我院里的花还要不要，并说那盆君子兰在冬天冻死了实在可惜。听了老人的提醒，我赶紧把小院中的几盆花挪到屋里。因为缺少精心的呵护，这些花与装修好的房屋实在不协调，于是一如往年的冬日，它们全被安置于无人注意的角落。那盆君子兰空负美名，几年来还没开过花，也就一直没引起我的重视。我把它随意放置在卫生间的墙角下，想起来时就浇上些水，更多的时候是让它忍受饥渴。

春节我去朋友家串门，朋友家的君子兰花朵盛开，璀璨夺目。欣赏、赞美的同时，我想到了自家的君子兰。我回家后到卫生间，第一次细细审视家中这不被重视的一员，竟意外地发现，叶子中间已经钻出一根细细短短的茎，茎上顶着一串瘦弱嫩黄的花苞。我的心骤然间被触动，于是有了一连串的举动：买来一个雅致的白瓷花盆和两包君子兰肥，打碎原来的旧瓦盆，将它连着原来硬结的土块移入施好底肥的宽绰"新家"，并让它饮足甘露般的净水，从此"登堂入室"，在客厅典雅的红色窗台上，日浴阳光、夜罩灯彩。

不久，君子兰绽开了温馨怡人的笑靥。我也怀着满心的欢喜，开始挤出更多的闲暇注视它：由于主人的漠不关心，十片叶子对生得并不整齐，自然地朝向阳光，亭亭斜立；叶子颜色是沉着的青绿，比起朋友家的那盆花叶要瘦一些。它细长的茎上已灿烂地绽开了八朵花，怒放的花朵和待开的花苞组成一把精致的小伞，撑起一圈儿鲜活的美丽。细看那朵朵笑容，淡黄的花心花蕊，橘黄的外瓣，展示着君子之风范，兰花之娇美。

"芳名誉四海，落户到万家。叶立含正气，花妍不浮华。常绿斗严寒，含笑度盛夏。花中真君子，风姿寄高雅。"

"历夏经秋意若何？不谋枝节著青泽。华堂陋室皆能守，自有花期举世歌。"

看花咏诗，似乎听到了模模糊糊萦绕耳边的声音——"我要开花！"这是君子兰的声音，是群芳的声音。这声音来自眼前，来自自然的四面八方。是君子兰就要常绿斗寒，含笑度夏，不管华堂陋室，都会如期绽放，以高雅风姿临世而歌；是梅花就可疏影横斜于清浅的水中，浮动一片暗香，流溢于黄昏月色之中；生为夏荷就应聚一片无穷碧的接天莲叶，托出一方别样红的映日荷花；名为牡丹就可"占断城中好物华""千娇万态破朝霞"……是花，就有开花的本领，就要以顽强的生命力绽放一片灵性的美丽，不管环境如何，不管是否受到青睐和关爱。

人亦如花，我们拥有了生命，也便有了与生俱来的开花的本领，世界瞩目的舞台也好，灯火阑珊处的角落也罢，无论处境如何，都可用生命孕育出一朵灿烂的鲜花，展示人性的光华，绽露比自然之花更璀璨的笑容，成为世间一道独特而美丽的风景。

且留春踪

　　初春大地萌动，万象出新，人的一大乐事是出门踏青。

　　信步至小城北郊的荒野。一截土路隔开东西两个巨坑，坑壁陡直，坑深数十米，往下看去让人心惊。东面坑底渗出的地下水汇成一汪清澈的池塘，塘周围有积年的芦苇蒲草，塘里生鱼虾贝类。一条斜斜的坡道儿，从坑边伸向坑底平地，再一蜿蜒，就到了塘边。附近的村民，多是老翁带着钓具和孙辈幼儿骑车至此，把车停在坑边，沿着坡道儿走下去。塘里的水什么时候醒来，他们最清楚。塘边的老小或蹲或坐，像冬眠醒来的青蛙，安静地在水边照影。衣着鲜亮的孩子蹲在稳坐的老人旁边，看一根简易的钓竿钓出新鲜和神奇：塘里的小鱼顺着钓线游进小桶；水中的白云被鱼钩甩到天空；鱼鳞似的波纹攀着坑边杨树的根脉向上爬，从枝杈钻出，先变成小犄角，再化作"毛毛虫"……

　　坑北面是一座废弃的砖窑。曾经积年累月的挖土、脱坯、烧砖，留下两个骇人的巨坑，也留下坑底塘边的垂钓之趣、天伦之乐。

驱车出城，西行百余公里下车。峰峦的怀抱里，山草睁开惺忪的睡眼；河流的臂弯内，野菜露出娇嫩的容颜；村庄的背脊上，杏林绽放清丽的笑影；田畴的新作中，麦畦铺展希望的长卷。枯黄灰赭烘托出鲜绿粉红。冬与春的交接又一次在华北的山野完成，和煦的阳光、流动的水波、欢唱的鸟雀、愉悦的感官都可作证。

时间之水漫过三月，大自然奔向芳菲烂漫的仲春四月天。手机相册中留存的照片和视频、电脑文档中的字句片段，是春天到来的见证，是我寻过春踪的印痕。

春天是美丽多情的诗人，行吟的踪迹留于万象，花是春天最爱的意象。抚今怀古，同为诗人的杜甫，59年的坎坷人生饱经战争与病痛之苦，却日夜笔耕不辍，被保留下来的诗约1500首，诗中忧国忧民的情怀，如他理想中的"广厦"，庇佑着代代后人。他为避安史之乱携家流寓西南时，在成都浣花溪畔，友人助力建起的一处茅屋，给予了他相对"静好"的生活。春风送暖，众芳争妍。杜甫因花烦恼，怕春归去，走出茅屋，在花事纷繁的锦江边散步。伴着东流不返的江水，他时而远望，时而近观，赏不够，爱不够，写下《江畔独步寻花》七首绝句。江边锦绣般的"稠花乱蕊"，幽静竹林中两三人家的"红花映白花"，遥望中少城如彩烟缭绕的"百花"，黄师塔前一株深红浅红花朵皆可爱的无主"桃花"，邻居黄四娘家遮蔽小路压弯枝条的"千朵万朵"，悉数开进杜甫的绝句里。最后一首绝句杜甫写道："不是爱花即肯死，只恐花尽老相催。繁枝容易纷纷落，嫩蕊商量细细开。"意思大致为：不是我爱花爱得就要死；只怕花尽时迁老境逼人。花开最旺时容易纷纷飘落；嫩蕊啊，请你们商量着慢慢地开。无论诗人多么想挽留，锦江边的花、杜甫生命的花，还是谢了。留存在绝句里的花，却开成永不凋零的意象，留存了杜甫春日的踪迹，留存了他对春花的珍惜、对宁静生活的向往、对美好事物常在的希望，为后人保鲜了唐代的春光。

汉语中的"留"字传至现代，几乎都是动词：停止在某一个处所或地位上不动；注意力放在某人或事物上面；不让别人离开；接受，收容；存留；遗留。观今怀古，诠释"留"字的细节多如牛毛，前面所写，关乎"存留"，关乎"遗留"。

人生如"留"字下面的一亩"田"，种瓜、种豆、种桃、种李，种诗词书画，种春风暖阳，只要耕耘着，皆不会被辜负。人生如历史长河中的一季春，只要我们不负生命的春光，心怀美好的希望，勤于实践生机勃勃的动词，留下无悔绽放的春踪，便会有物质的果实或精神的芬芳保留于现世，或遗留给后人。

树上的巢，树下的家

在太行山深处的一个小村庄里，我沿窄窄的水泥路走上长长的斜坡。一位风烛残年的大娘倚坐在铁制的独轮车上，头顶一树洁白的李花，面朝几树粉红的桃花。李花近旁一棵老槐新芽初发，树上的巢、树下的家都显得暗淡起来。一位八十多岁的老伯坐在树下院内一座石砌的旧屋里。院门前一囤积年的玉米，石墙下一堆黑乎乎的木柴。地面干净，玉米囤整齐，柴堆利落，可见主人的勤劳。那位七十多岁的大娘，身材枯干瘦小，发如草，背歪斜，在院外李花下招呼我这陌生来客。

三个孩子，闺女远嫁，一儿外出打工，一儿山下开店，各有各的忙，都不怎么回家，偶尔来个电话。本来闺女和姑爷一到过年就回家看看，今年因为闹疫情，过年也没回来，一晃一年零三个多月没见面了。这李子树和桃树是闺女小时候种下的。闺女能干，知道疼人，如今已五十多岁，孙子孙女都有了。老两口守着这院子，老头儿干不动了，大娘自己也身体不好，院里院外凑合拾掇，将就着做点饭吃，每月千余元养老补助都用来吃药维持身体……和我叙遍家事，大娘仍不舍得我离开。她蹒跚送行，跟我走出数十米，一次又一次挥手。

"下次再来回家坐会儿……"大娘细弱的声音浮动在飞鸟的欢唱里，飘零在鸡群觅到食物的喜悦里，淹没在坡下潺潺的溪水中。我几步一回头，李花和大娘的身影渐渐隐没在粉红的桃花后。

斜坡下的又一树桃花被路边杨树的新绿衬着，更加清鲜明艳。花下是断垣残壁和颓败的老屋。屋顶塌了窟窿，残瓦上覆着枯草，绿漆斑驳的木门窗，窗子掉了几扇，门上锈蚀的锁辨不出颜色。院内挤满杂树荒草，枯叶搂着新叶。人去屋破，家不再是家的样子。

与房屋相映的是树上的鸟巢。房屋虽零落，树和鸟巢却很多。与房屋相比，鸟巢更富有生机和幸福气息。耳畔众鸟欢鸣，视野所见，鸟影比人影要繁闹得多。最多的是喜鹊，它们蹦跳着，飞翔着，歌吟着，一举一动都透着喜庆。春日暖阳下的空巢，到了夜晚，都会喜拥在外面游乐一天的鸟吧？

繁华的城里，我居住的楼前，也有一个鸟巢。建有二十几栋高楼的住宅小区只有一个鸟巢。春光里，一对喜鹊夫妻一根一根地衔来小树枝，花了个把月时间，在楼前绿地最高的国槐树梢，将一个春意喜人的巢搭起来。相亲相爱的喜鹊在巢里养育一窝儿女。我的散文《春意是一颗婆娑的心》就从这春意四溢的鹊巢起笔。不足一年，鹊去巢空，我再望向国槐树梢，总是空落落地生出忧心。

孤零零的空巢下，绿地间繁闹的人影中不乏耄耋老人。公婆和我们住同一栋楼，得我们照顾，知足惜福。公公年逾九十，散步之余闲不住，偶尔捡拾纸箱和瓶罐。离休多年，工资近万，他哪里缺钱？"卖破烂也要供孙女儿到博士毕业！"这虽是一句玩笑，但话里话外帮衬孩子的心意着实感人。公公跌倒在绿地上不能动弹，急坏了我和爱人。正逢疫情紧张的时候，邻居们宅在家里。公公体重有一百六十多斤，我们俩使出吃奶的力气将他挪移，小心翼翼地抬上轮椅，再抬进汽车，到医院又抬了几次，检查完毕，有惊无险，平安地载他归来。我却因用力过度，伤了左臂，一个多月过去仍隐隐疼痛。内心深处却宽慰得很：老人无事，受点儿小伤又何妨？

在深山小村的桃花李花香里，我注目着树上的巢和树下的屋，念着城里的巢和楼宇，痴痴地想：我楼前的喜鹊定是移居到了深山的巢里；破败空屋里的人定是移居到了城里的楼内；目送我的大娘定会迎回她的儿女，她和老伯定会被迎到儿女家里……

春风辗转

春风像曲曲折折又线条流畅的柏油公路，蜿蜒行进在群山间。我和爱人驾车入山，被春风引至一个山坳里的村子。公路一侧是依山而建的房屋，另一侧是一片田园。我们把车停在公路边，沿小路走进田园。春风裹挟着泥土和粪肥的气息迎面吹来。正是午后，村民大概多在家中小憩，时空静谧，视野里几只喜鹊上下翩飞。

这片山间田园，地势高低起伏。走上一个高坡，我看见一小块矮灌木枝圈起的长方形园子。一对老夫妻在园子一角忙碌。园子中间鼓着一小堆儿新鲜的粪肥。一堆湿润的泥土旁躺着几十棵白菜。白菜刚从挖开的坑里取出来，老两口弯腰低头，慢慢剥着被压伤的白菜叶子。

"你们从哪儿来，去谁家呀？"老妇人看到我们，停下手里的活儿，直起腰身，像迎接远客般热情招呼。

"我们离这儿不远，不去谁家，随便转转。"我嘴上回答着，紧挨园子停下脚步。

老妇人走到园子边,隔着灌木枝和我聊起来。她身材微胖,蓝底红花的旧棉袄沾着泥土,黑里透红的脸挂着饱满的笑容。清瘦结实的老汉也放下手里的白菜,直起腰身听我们闲谈。他微笑的脸上波纹起伏,颜色也是黑里透红。

一番闲话得知,老夫妻都已七十五六岁,三儿六孙,分出去三个小家。老两口单独过日子,坚持种庄稼地和菜园子,衣食不愁,身体还凑合,只是老妇人血压高、腰疼、腿疼,吃药不少花钱。两位老人觉少,吃过午饭,在家躺不住,就出来干活。将白菜运回家,把坑填好,给园子施上肥,为种春菜做准备。

"阿姨,您和大叔接着忙,我们再走走。"我们继续移步前行,老两口挥手目送。

我们返回时,老夫妻还在忙碌,剥好的白菜整齐地码在一起。

"你们等会儿,带两棵白菜回去!"老妇人一边招呼,一边挑出两棵白菜抱在怀里。

"阿姨,我兜里没带现金。您有手机微信吗?我转账给您。"

"白菜是送你们的,不要钱。这么多白菜,我们吃不完。再说,我们不会用手机微信。"阿姨和我说着话,走到园子边。

择得干干净净的白菜递出来,我一手接住一棵,沉甸甸的白菜冰凉冰凉的。微寒的春风轻拂,把一股暖意送进我心里。

此时,大叔也走到园子边,一手一棵干净的白菜,执意递到我爱人手里。

四棵白菜放进后备厢,我翻遍车里的储物箱和手提包儿,才翻出三张纸币,一张50元的,一张10元的,一张1元的。我再次返回园子,将三张纸币递给老两口。他们再三推辞,我执意把钱放到灌木枝里面,又快步离开。

依山而建的几处旧房屋灰暗、低矮,然而若干年前砌起的每一石每一瓦,仍可见证山村百姓吃苦耐劳修炼出的心灵手巧。我站在两扇紧闭的旧门外,凝视门楼上悬挂的旧灯笼。灯笼的鲜红已褪尽,染透岁月叠加的沧桑。送我们白菜的老人就住在这样的门里吗?春风带着寒气,吹皱我的心。

一个中年汉子推着独轮车从斜斜的坡路上下来,车上的荆条被捆得整整齐齐。

我问他:"这房子还有人住吗?"

"谁还住这房子?我们早都搬到新房子里啦!"汉子的语调里满是掩饰不住的自豪。

行至开阔处,我们看到敞亮、整洁的新房子贴满漂亮的白瓷砖,心中豁然舒展。

返程时,从后备厢飘来的白菜气息,带着山野春风的料峭和温煦,萦绕在汽车内室。我想到自己的父母,他们也都七十多岁,血压高,吃药不少花钱。这样的午后,他们或许在午休,或许也睡不着，一个在电脑上下棋，一个对着手机玩成语游戏。子女孝顺、儿孙满堂，常见的老年病并不影响他们安享幸福晚年。园子里的两位老人的儿孙们也该是孝顺的吧！

一路辗转，黄昏时分我们返回平原的城里。街边一位清洁工大爷仍在坚守岗位。我们靠路边停车，从后备厢取出四棵白菜，把山野里老人的善意送给小城的老人。

夜坐书房，我默念"辗转"一词。除了解释为"翻来覆去"，"辗转"还有一个意思：经过许多人的手或许多地方。这个意思让我心生春风般柔软的亲切感。只要善意长住心田，就有春风辗转人间，经由你的手，拂过我的心，再伴随他的微笑，吹过谁的耳畔，由乡村到城市，由山川到平原……

太行"野菜"香

晴暖的午后,太行山坳里的村庄一片明亮。

不远处的山坡,高高低低的树上,雏鸟绒毛般的新叶密密匝匝,闪烁着万点光芒。

村里的水泥路不宽,却很平坦。路两旁依着院落的袖珍菜园形态各异,或如正方的火烧,或如椭圆的饼子,或如半圆的合子,或如糖三角,或如梯形的枣糕,或如随意摊出的菜坨子……围着菜地的石头和用细竹竿、荆条等编起的矮篱,如节日里面食上的精致花边,彰显出菜园主人的心灵手巧和对每寸土地的珍爱。微型菜畦中,韭菜、菠菜、小葱儿绿意正浓,零零落落"绽放"的野菜点缀着行列整齐的春蔬。

路边,几位头发灰白、脸色红润、穿着光鲜的老太太闲坐在阳光里。路的另一边,一行鲜韭菜、几朵嫩荠菜迎着她们皱纹轻漾的脸。

"阿姨,这野菜你们吃过吗?"我指着一棵荠菜对老人们说。

"打仗的时候吃过，现在菜地和商店里蔬菜多得是，吃不着野菜了。"一位老人热情地回答道，微笑间皱纹起伏。

同行的老作家俯身追问："您家里有人打过仗吗？"

"有啊，村口的碑上刻着呢。"方才微笑的老人，神情变得肃穆。她颤悠悠地抬起右手，朝着我们走过来的路，指向村口方向。

村口广场上立着一块纪念石碑。刚下车时，我们驻足瞻仰过。碑身背面铭刻着一段惨案和19位遇难同胞的名字。

村中一座座崭新的民居环抱着三个破旧的院子。每个院子里都杂长着绽放生机的野菜：荠菜、苣荬菜、蒲公英、车前草……其中一个院子是《人民日报》前身《晋察冀日报》报社旧址。院子一角，石碑上那段惨案的亲历者——九十多岁高龄的李贵老伯，坐在废弃石磨的磨台边，双唇哆嗦、皱纹颤抖，浑浊发黄的眼里蓄满泪水，时断时续的喑哑讲述，模糊还原着悲壮的瞬间：1943年秋，面对日寇的"扫荡"，时任报社社长兼总编辑的邓拓，在村里乡亲们的掩护下，在游击中"用八匹骡子办报"。那年冬天，敌人野蛮地围攻村子，狂搜报社。村民受尽折磨，依然严守机密，为保卫报社人员和物资，19位乡亲惨遭杀害。

另两个院子分别是《晋察冀日报》展览室和邓拓故居。从1937年到1948年，邓拓在这位于阜平县城南庄镇西部的小山村里居住、生活，以笔为犁铧，耕耘思想阵地，撒播精神良种，鼓舞走向胜利的信心和勇气。

1961年，邓拓写《燕山夜话》时的笔名"马南邨"，是小山村的名字——"马兰村"的谐音。在阜平战斗过的聂荣臻元帅说，署名"马南邨"，寄托了邓拓"对这个村庄永远的怀念"。

马兰村所在的"晋察冀边区的首府"阜平县，在抗日战争时期养活了邓拓和其妻子丁一岚在内的九万多名抗日战士，也养育了邓拓长女邓小岚。发生惨案的同年，邓小岚在阜平县易家庄村呱呱坠地，后被转送到麻棚村和马兰村，寄养在老乡家，被养父母喂养呵护了三年。

当时不足九万人口的阜平，地处太行深山的穷乡僻壤，"九山半水半分田"，石多地少，又常遇灾荒，如何养得活那么多人？

"二月里寒食柳芽黄，三月里谷雨杨叶长。家家户户采树叶，一春树叶半年粮。精打细算度春光，节省粮食交公粮。子弟兵吃饱好打仗，支援前线第一桩！"

上午在城南庄晋察冀边区革命纪念馆，讲解员动情吟诵抗战时期流传的民谣时，我正注目一张照片上的场景：光秃荒凉的山野上，一群衣衫褴褛的瘦弱百姓深情地面对着四位骑马路过的八路军战士。马上的两位战士都用绷带挎着一条胳膊，大概刚在战斗中负伤，一位正端碗喝水，一位正要接过百姓双手捧送的食物；下马的两位战士背对镜头，抬起的手臂似乎在朝嘴里送着什么。照片下的玻璃橱内，陈列有晋察冀日报社登记乡亲们所交粮食等物品的统计册，还有百姓支前用的米袋子。我听着、看着，澎湃的心潮涌湿了眼帘。

穷苦的阜平百姓把珍稀的粮食交给前线作战的子弟兵，以春天采下的树叶作为自己半年的"粮食"。民谣中没提到贴着泥土生长的野菜，我脑海中却分明有一群群羸弱的老人和孩子，在春天贫瘠的土地上，俯身寻挖慈悲绽放的野菜。野菜除了人吃，牛、羊、马也吃，不能挖光，维系人生命的主要是杨叶、柳叶、榆叶。

我的想象在大灾之年晋察冀军区一条训令中找到了根据："部队所有的伙食单位，一律不准采摘杨叶、榆叶，也不准在村庄周围挖野菜，这些东西要留给驻地群众，人民子弟兵绝不与民争食！"玉米面、土豆面、红薯面、栗子面、枣面等粮食无比珍稀，生生不息的野菜和树叶让山间草木般顽强的生命得以延续。军民相扶相携，赶走敌寇，迎来胜利，创造了战争史上的奇迹。

从"野菜"的释义"可以作蔬菜的野生植物"来看，荠菜、苣荬菜、蒲公英等是地道野菜；落絮生发的杨树、柳树，榆钱繁殖的榆树，算得上"野生"，其叶可食，也可称为"野菜"吧。

多年后，邓拓忆起马兰村，回味城南庄的粗食"野菜"，想起阜平军民，怎能不怀念呢？他的怀念与聂荣臻元帅的牵挂一样刻骨铭心。1982年，田华回阜平拍电影，老乡托她给聂荣臻元帅捎几个柳叶饼子和菜团子。回京后，田华对聂荣臻元帅说："老区的人民还是那么好，可是老区的人民还是那么穷，都现在了，他们依然在吃这些。"聂荣臻元帅接过柳叶饼子和菜团子，久久凝视，满眼热泪说"阜平不富，死不瞑目"。

父辈们对阜平的深情感染着后人。邓小岚老师带着马兰村的孩子们站在中央电视台的聚光灯下，饱含真情地说："马兰走出的部队不会忘记马兰，马兰养育的孩子不会忘记马兰。"母亲曾送她"马兰后人"图章，她把马兰视为"故乡"。

1997年，邓老师第一次回马兰。与柳叶饼子、野菜团子一样粗简的饭食，破旧的校舍和唱不出一首像样歌曲的孩子们，让她的心如针扎般疼痛。两年后退了休，她开始倒长途汽车在北京与马兰间三百多公里的路上频繁往返。她出资修建马兰的校舍和水泥路，倡导讲卫生的"厕所革命"，以音乐为种子激发孩子们的快乐和梦想。她用家人用过和朋友捐送的小提琴、手风琴、吉他、电子琴，教孩子们演奏、歌唱，为马兰村建起小乐队。

"阳光笼罩，山谷里面鲜花开放，彩蝶纷飞，我们美丽的故乡。夕阳下小河水门前流淌，静静地流向远方。放一只蝴蝶般灿烂的小船，让我的梦儿飞翔……"

在教室里，在菜地边，在树荫下，在山坡前，在河畔旁，邓老师一次次带领孩子们排练这首《马兰之歌》，陪孩子们体验快乐、放飞梦想。她如一片充满希望的暖阳，与来自四面八方的阳光交汇，助力马兰人民走向追梦、圆梦的似锦前程。当马兰所在的阜平吹响脱贫攻坚号角时,快乐和梦想的音符如野菜和树木的种子,载着坚韧的生命力,载着深挚的鱼水情,飞遍太行内外,落入大江南北。

  脱贫后的马兰村,铁贯山与胭脂河俯仰相对,山上山下一片喜人的新绿。到马兰的这天中午,在待客的饭桌上,我们吃到了忆苦思甜的野菜团子、榆钱疙瘩。在这次短暂而铭心的马兰之行中,我咀嚼着历史与现实的"野菜","清香"萦怀,满心肃然。

榴花朵朵照人明

这是太行山深处,小村夏日的一个镜头:砖房、石墙、石阶,颜色皆是暗淡的灰;黑漆斑驳的木门两边有两个自制的石子洋灰盆,盆内泥土上覆一层青苔;青苔间秀出两株挺拔的凤仙花,鲜绿的枝叶、粉红的花朵,像明艳的灯盏照亮了一户寻常人家。山民的爱美之心,让坚硬冷清的背景绽放出融融的暖意、蓬勃的生命气息。

深秋,山西昔阳县,游人寥落的红旗一条街。一家小店,门上悬一块漂亮的牌匾,红底上凸出黄色的行楷字——"梨园综合店"。我顺着店名猜想,店内商品该与戏曲有关。走进店门,两个高约两米的货架,只柜台以上的四层摆着饮料、食品等。商品不多,也欠齐全。货架上最醒目的是摆在顶层的两样东西,一个透明的奖杯,一个大红封面、烫金隶字的"荣誉证书"。柜台和货架间迎客的老人腰板挺直、相貌清雅、目光炯炯,与顾客闲聊,只字不提生意,只叙梨园之事。老人一生爱戏,擅演老生,工作过的单位是小店紧临的昔阳晋剧团。剧团解散后,他对戏曲衷情不减。在曾经热爱的剧团旁经营小店，心思却还在戏上，唱念做打，坚持练功，每有机会便全力演出。奖杯和荣誉证书是最近演戏获得的，所获"最佳男主角提名奖"是国家级奖项。执着一生的爱好如春日暖阳，将小商店照得熠熠生辉，也照得老人精神矍铄、身体健朗。

初冬，首都地铁站，上班早高峰。一个小伙子突然晕倒，停止了心跳。地铁站紧急广播，召唤可以施救的人。候车和路过的人群中挤出七个人，赶到小伙子身边，迅速跪坐在地，轮番为小伙子做心脏复苏。一阵忙碌过后，小伙子恢复了心跳，意识渐渐清醒。直到医院的救护人员赶来，七个人才离开。他们中有男有女，有中年有青年，有协和医院的医生，有学过急救知识的公司职员。作为素不相识的路人，他们为救他人不惜耽误上班时间。七个人力所能及的善举像七根小小的火柴，点燃了陌生小伙子生的希望。

大画家黄永玉青年时是个流浪的穷小子。他爱上的姑娘是将门之女张梅溪。为引起心上人注意，他买来一只小号，一次次等在梅溪路过的窗口，吹响高亢的旋律。在人生最低谷时，黄永玉写长诗给妻子梅溪："我们的小屋一开始就那么黑暗，却在小屋中摸索着未来和明亮的天堂……"一家人挤在狭窄阴暗的小房子里，梅溪的身体越来越差，他满怀爱怜，在墙上画了一扇两米多宽的大窗，窗外阳光明媚，野花盛开。相濡以沫、携手一生，晚年的黄永玉用文字戏谑："小屋三间，坐也由我，睡也由我；老婆一个，左看是她，右看是她。"一只小号、一支写字的笔、一支绘画的笔，像几根永恒的蜡烛，被痴心点燃，摇曳着诗情画意，散发出动人的温馨，映亮了爱的真义：两个人的未来和明亮天堂，就是被爱情保鲜的家的模样。

"更有榴花一朵，照人明。"一朵石榴花怒放的细微画面点亮了宋代词人叶梦得的《南歌子》，也点亮了后代读者阅读的惊喜。人间数不清的细节，关联着爱美、爱好、爱心、爱情……恰如明艳的榴花朵朵，点亮了尘世间爱的主题，点亮了世人的目光和灵魂。朵朵榴花绽放于别人生命的枝头，也能在我们生活的绿叶间开出。

第 22 条领带

窗外秋风萧瑟，斑驳的落叶飞旋。病房临窗的床上，雪白的棉被裹着个瘦得皮包骨头的女孩儿。女孩儿苍白的脸朝向敞开的房门，一双失了神采的大眼睛痴痴地望向门外。她紧闭的双唇因缺失血色，像两片褪了色的红花瓣。距清晨查房时间还有几分钟。

门外响起熟悉的脚步声，轻快而富有节奏。没错，正是尚大夫的脚步声。女孩儿双唇动了动，脸上漾起一抹微笑的涟漪。

走进病房的尚大夫三十来岁，熠熠的眼神阳光明媚。白大褂内，白衬衫配着的紫色领带格外显眼。做过例行检查后，他没有离开，而是一脸关切地看着女孩儿。

躺在床上的女孩儿张开嘴唇，脸上浮着浅浅的微笑："尚大夫，您今天这紫色领带……和白衬衣……配得雅致。"她声音很轻，一句话中间喘了几次气。女孩儿的母亲站在床边，眼睛红肿，怜惜地看着女儿。她知道，女儿又在钻心刺骨地疼痛。尚大夫笑望着女孩儿，竖起大拇指："你对领带和衬衣的色彩搭配真有研究……"他胸口像被什么堵住似的，难受得很，然而几年工作的历练让他仍能微笑着把话说完。

走出病房门，他左手抚着紫色领带，泪水如江河决堤。

以前不喜欢打领带的尚大夫，最近八个多月频繁地更换领带。红的、白的、黄的、黑的、粉的、花的、条纹的……他的衣柜里有了各种颜色、各种样式的领带。这条紫色领带是女孩儿成为他的病人后，他买的第22条领带。

女孩儿刚满20岁，还没开始恋爱，就已是血癌晚期，在北京肿瘤医院化疗后转到他所在的医院。从各项检查判断，女孩儿的时日已经很少。作为女孩儿的主治医生，他所能做的，只是想方设法减轻她的疼痛，尽全力将她短暂的生命拉长一点儿。

住进医院的第三天，女孩儿的母亲就请他去了谈话间。这位母亲说，因为疼痛，女儿常常闹脾气；因为悲观失望，又常常沉默着一言不发。可是，见到他，女儿的脸上却难得地露出笑容；他离开病房后，还不停地夸他阳光帅气，说他打上领带肯定更好看。女孩儿的母亲向他恳求："您以后能不能多去病房看看我女儿，多说几句话安慰她……"说着说着，这位母亲就哽咽了。

女孩儿住进医院的第四天，尚大夫特意穿上自己新买的粉色衬衣，系上衣柜中闲置已久的蓝色领带。到医院，他罩上白色工作服，愈加显得英气勃发。查房时，女孩儿见到他，清瘦苍白的脸上开出一朵微笑的花儿："尚大夫，您打上领带，更帅气了……"

除了按时查房，他也常抽出时间去病房关心女孩儿的病情，陪她聊一会儿。女孩儿一见到他，似乎疼痛就退了几分，微笑的涟漪就会轻漾在脸上，苍白的笑容里洋溢着发自心底的喜欢。他发现女孩儿对他的领带感兴趣，便一条又一条地买。他更换着一条又一条漂亮的领带去病房，光阴从春天流转到秋天。

他的第22条领带刚买回没几天，女孩儿便像一片秋叶般离开了这个世界。临走前，他和其他医护人员在病房里给她过了最后一个生日。不知是全力以赴的医疗维持，还是那22条领带的牵系，女孩儿的生命延长了八个多月。

谈起那22条领带，尚大夫泪流满面："自从有了孩子，我和同做医生的妻子更加懂得了珍惜的含义。对于患者，我们并不喜欢'时时去安慰'，我们更加渴望的是'常常去治愈'……"

从"一"起步的甜与暖

"谁有红糖？请麻烦给五号床的陈阿姨一点儿。"

"我有，我给陈阿姨送过去。"

这是医院护士微信群里的简短对话。对话时间是午后，忙了一上午，答话的小护士刚疲惫乏力地坐到椅子上，准备休息片刻。

住院的病人陈阿姨因身体虚弱想喝红糖水，小护士包里的一袋红糖便送给了陌生的陈阿姨。一袋红糖甜润了陈阿姨的康复光阴。

送红糖的小护士名叫高原，她的父亲是我的教育同行。1988年出生的她只比我女儿大五岁，在我眼里还是个孩子。

"病房里早晚凉，我特别怕冷，要是带一套保暖内衣就好了！"这是一位独自住院的大姐和病友唠叨的一句话。

说者无心，听者有意。正在病房里忙碌的高原想到自己有一套没穿过的保暖内衣，再来病房，手里就多了一套未打开包装的保暖内衣。

"大姐，我的保暖内衣送给您穿吧！"

大姐推辞了几句，接过衣服，笑出了眼泪。

这位大姐拉着高原的手对旁边的病友说："这丫头，忒让人暖心……"

2018年6月9日凌晨4点30分，忙碌了一夜的高原按照护理常规准备再次巡视病房。刚走出护理站，突兀的哭喊声刺破了病区的安静。高原立即联想到昨天接班时收治的一名女性药物中毒患者，这位患者入院后情绪一直不稳。她瞬间冲进这位患者住的病房。眼前的情景让她惊呆了：那位患者竟站在外面窗台上，哭喊着要跳楼！患者的丈夫站在窗下，焦急得不知所措。窗外下了一夜的雨，还没停下来。

高原迅速攀上窗台，一脚踏出窗外，柔声细语地劝慰患者。情绪激动的患者哭着威胁："别劝我，再劝我，我就马上跳下去！"高原不敢轻举妄动，试探着用温暖的话语和楼下的家属交谈，询问患者的儿孙情况，转移患者注意力，稳定患者情绪。值班的同事闻讯赶来，迅速联系了医院总值班室及保卫科，拨打了110报警电话……所有救援准备工作紧张有序地进行。时间一分一秒流逝，患者的衣裤已被雨水打湿，口干舌燥的高原还在与患者家属轻声沟通。丈夫絮絮叨叨地低诉着家中儿孙孝顺的细节，患者停止了哭喊，颤抖着身体抽泣着。高原与家属交谈的同时，悄悄挪到患者靠着的那扇窗边。她小心翼翼地拉开窗户，疾速抓住患者的衣服，牢牢搂住她的身体，与赶过来的同事一同将患者从窗外抱进来。患者的丈夫老泪纵横，连声说："谢谢！谢谢！……"

那是最漫长的一个清晨，在与死神赛跑的一个多小时里，高原靠着爱心与责任，靠着职业素养和应急能力，挽回了一个生命，挽救了一个家庭。

这一幕往事铭刻进高原的记忆，时时提醒她护士工作的伟大与神圣，让她对患者的治疗和护理由外而内，身体与精神兼顾。

有些患者承受着沉重的精神伤痛。高原护理过的一位患者，其妻儿不幸离开了人世，一个完好的家只剩他孤身一人。伤心欲绝的他最初接受治疗时，面容悲戚，沉默不语。高原每次进病房都会跟他聊聊天，说些暗含希望的闲话。

这个孤独伤心的患者最初只是面无表情地发呆，似乎没听进高原说什么。高原说着说着，他终于张开口，开始怀念家人、倾诉痛苦，后来话题转移到高原的家人和孩子……高原知道，他心中的死灰终于复燃起希望的火星。

自从进入医院，高原每一天都满怀期望，期望她护理的每一位患者都能由身体到精神顺利康复，重燃生活的热情，再放生命的精彩。

日复一日,这个年轻的白衣天使带着自家的爱出发,从"一"起步,点点滴滴,重复着平凡和琐碎,把爱洒向每一位憧憬回家的患者。

和她交流时,听着她讲述自己的护理往事,我感觉自己也喝过她的红糖水,穿过她的保暖衣,由身体到内心,流淌着甜,充盈着暖。

闪电般飞过的红丝巾

腊月二十八,甘肃武威海拔三千多米的乌鞘岭特长隧道口岗哨,冷风凛冽,酷寒逼人。武警战士梁培锋伫立如松,像往常一样执勤守护。他一向坚毅的目光中充盈着殷切的期待。

一列火车从寒冷的隧道口呼啸而出。一抹儿耀眼的鲜红,像一道温暖的闪电,飘在一扇打开的车窗外,连同那扇窗内一大一小两个模糊的红色身影,在他大睁的双眼前一晃,便被火车拖曳着呼啸而去。

尽管他没敢眨一下眼,时速一百多公里的火车也仅仅在他的视线里出现了六秒。那抹儿熟悉的鲜红,是他送给妻子的一条红丝巾;那两个模糊的红色身影,是他善解人意的爱妻和日思夜想的宝贝儿子。

这个春节,他和别离数月的妻儿以这样的方式在隧道口团圆。短暂的六秒,团圆便意味着分离。红丝巾在视线里闪电般飞过,他用流溢着爱恋的目光,送别没看清身影的妻儿。

几年前的春节，在他驻守的哨所，寒天冻地中，他也曾无比心疼地送别妻儿。那是妻子第一次带儿子来部队探亲，严重的高原反应让嫩芽般的小儿头疼，失眠，没有食欲，呼吸困难，哭声不止……从此，他不忍再让妻子带儿子来探亲。年年春节，他依旧像入伍后的每个春节一样，不能回家过年。春节期间正是部队最需要他的时候，春运保安全任务最重，这段时间新兵又刚下连，许多新兵因对高原环境不适应而生病，他是中队唯一的卫生员，怎么可以离开？

春节之外，每年一次的探亲假，他回到兰州的小家，一家三口短暂地欢聚，然后便是妻儿依依不舍地到车站送别他回哨所。

几天前，准备回玉门老家过年的妻子就在电话里和他约好，从兰州坐火车去玉门的路上，经过他执勤的隧道口时，一家人要隔窗相望，做一次短暂的团圆。为此，妻子提前一天带儿子到车站买票，特意选择了白天的车次；为了让丈夫看清自己，还翻箱倒柜找出亮丽醒目的橘红棉衣和鲜红丝巾。那条鲜艳的红丝巾，是他送给爱妻的生日礼物。他也和战友调了班，在列车经过前站上了岗哨。

电视镜头里，他目送远去的那列火车内，衣着靓丽的妻子，因没有看清爱人的身影而神色黯然，没看到爸爸的儿子更是失落，哽咽不已："爸爸为什么不出来……爸爸为什么不出来……"

虽然相望短暂，团圆即是送别，然而他和她的心里一定暖流暗涌。在他目光中远去的红丝巾，已定格成隧道口永恒的风景。这条红丝巾只是团圆送别故事中寻常的一条，与军人相关的团圆和送别故事历久而常新。虽然相聚短暂，别离日久，却有真爱长远相伴；虽然小家有遗憾，却换得大家幸福团圆。

肩灯照亮雨夜

一个橘黄衣服的人影，肩头亮着一盏灯。圆圆的肩灯散着暖暖的光芒，仿佛一颗太阳，照亮了空中的雨幕和淹没人影下半身的积水。

此刻是凌晨一点，地点在郑州市中牟县白沙镇。肩上亮灯的人影是退伍军人小刘的。12小时前，他和另外五名退伍兵开车载着救灾的橡皮艇、生活物资等，从河北高碑店出发，马不停蹄地奔赴因强降雨导致多地洪涝灾害的河南。他们两小时前到达郑州慈善总会领取了救灾任务，连夜赶到中牟县白沙镇，顾不得喘息片刻，就蹚入齐腰深的积水。

被洪水围困的小区，断电、断网、断水、断食，危险重重。六个退伍兵每人肩上一盏灯，合力推拉一艘橡皮艇，把小区里的群众转移到临时安置点。小区里有几千人，而一艘橡皮艇每趟只能转移十个人。橡皮艇第一次划到积水将近一人深的小区楼下，小刘仰头大喊："请大家不要着急，救援队来了！"几盏肩灯照亮小区的窗户，每扇窗内都趴着向下张望的人。肩灯的光芒照亮了窗内期待的眼神。接下来的现场有点混乱，很多居民都想早一点脱离险境。小刘再次大喊："等下！等下啊！不要着急！孕妇、孩子和老人先走！"行动不便的孕妇被他们搀扶上小艇，幼小的孩子被他们抱上小艇，腿脚不便的老人被他们背上小艇，瘫痪在床的老人被他们抬上小艇。神色惊慌的小女孩被小刘抱在怀里时，紧紧搂住他的脖子，仿佛女儿紧搂着父亲。

黎明到来前，肩灯的光芒随着橡皮艇一趟趟往返，照亮空中的雨帘和茫茫的洪水，照亮一条充满希望的出路。

天亮了。几个退伍军人又累又困，疲惫不堪，但被困的群众还有很多没被转移出来，哪里能休息？他们继续争分夺秒，和陆续赶来的救援队一起抢救转移被困群众，运送生活保障物资。从到来到离开，他们在水中连续浸泡了三十多个小时。

完成白沙镇救援任务，他们又到新乡市红旗区救援了一天，最后赶赴洪涝重灾区卫辉市。又有十几个救援人员从高碑店赶来，与小刘等人汇合，在重灾水域救援转移被困群众，装沙袋围堵堤坝，参与搬运物资和消杀。在深水区，小刘和大家你牵着我，我搀着你，深一脚浅一脚地摸索着向前移。夜幕降临，肩灯照亮。救援人员每次疲惫至极，才略作休息。虽然脚泡白了，指甲磨掉了，皮肤晒伤了……但身心俱疲的他们仍咬牙坚持。

河南人民把感谢信发到高碑店，媒体报道了小刘等人的事迹，很多市民才知道小城有一个以退伍军人为主力组成的公益救援队。他们已出队行动过无数次，在公共场所防疫消杀，在校园进行应急培训，在公园演练示范如何避险……

从河南归来不久，高碑店夜降暴雨。小刘和队友紧急赶到最易积水的世纪大街，从夜里十点半到凌晨四点半，协助有关部门疏导交通，劝说过往车辆绕行，拖救几台被淹的车辆，疏通几十处排水口。顾不上打伞的他们浑身湿透，一盏盏肩灯如小太阳一般，照亮空中斜射的雨箭，照亮堵住排水口的枝叶和淤泥，温暖了过往和被淹车辆司机的心。

小城的市区和乡村，偶尔会有老人走失。小刘和队友帮忙寻人已有几十次。有时也是在雨夜，接到走失老人家属的求助电话，他们从睡梦中起身，紧急行动。根据家属提供的线索，有时开车寻遍市区的街巷，有时步行找遍乡间的小路。小刘曾经和队友在乡间小路上深一脚浅一脚地前行，肩灯照亮空中的雨丝，照亮脚下的泥泞，也突然照亮了视野中那个蹒跚迷茫的老人……

自从小刘组织成立了应急救援队，简单必需的装备中就有了方便深夜行动的肩灯。一盏盏小小的肩灯凝聚了退伍不褪色的责任，凝聚了更多热心公益的力量。深夜危急时，戴着肩灯的他们如一颗颗行动的太阳，散射着温暖，散射着希望。

救援队的队友们来自各行各业，有市直和乡村干部，有特警，有公司老板，有外卖员，有木材加工师傅……他们各有各的家庭责任，各有各的无奈艰辛。小刘经营着一个小烧烤店，上有老下有小。暗夜里，尽管他常因各种烦心事失眠，比如生意难赚钱，治不好小女儿的先天残疾……然而每有危险告急，即使是狂风骤雨夜，他仍率先出门，戴上肩灯，奔赴救援现场。

第四辑

照拂好自己这株花树

风景三章

早春的麦野

阳光在泥土中膨胀着，舒展了黄土地皱缩的肌肤，脚下的小路也暖暖地宽了、软了。点点柔翠散在满地的枯黄间，阳光里烁动着新生的灿烂。

走在麦野上，任整个生命融入茫茫天地。拨开泥土，万千嫩黄的绿箭正从麦的根处射出，聚着某种神奇的力，纵横成大地的血脉，在料峭的早春里搏动。我简直要欢呼了！

虽经严冬的风刀霜剑，但只要生命之根不灭，待到春来时，绿色照样会生发，生命照样会走向丰收的季节。

早春的风撩起麦野热情的秀发，梳理出一个收获的梦——沉甸甸的麦穗将夏日摇成一片充满喜悦的海洋，一层层麦浪醉了朝阳……

我似乎看到了，那些金黄色的诗句飘向了所有憧憬的窗。

月

年年岁岁，眉黄月升起又坠落，变幻着永恒的美。一个小女孩儿第一次在爷爷怀里感受到了那个皎洁的夜的"太阳"。随着小女孩儿一天天长大，她有了足够的意识去想象，有了摘月的梦想。那个小女孩儿就是我。

十几年后，深秋的黎明，当我从摘月的梦中惊醒，首先想到的是去看月。

在将尽未尽的夜色中，街道两旁的白杨树各具情态地挺胸伸臂，纵横于大地上空。一泓瘦月轻盈盈地缀在光秃秃的枝杈间，飘然而俊逸。我向着月走去，走去。月从一棵树躲到另一棵，又从另一棵躲到楼顶，始终不肯靠近我。我生气地转身，背月而行，扭回头，又看到月在不停地追我，一直不愿远离。

早起散步的人渐渐多了，他们在月下走走停停，是在感慨这月吗？我的脑海里一下子挤满了关于月的句子：

山高月小，水落石出。

明月松间照，清泉石上流。

举杯邀明月，对影成三人。

但愿人长久，千里共婵娟。

春风又绿江南岸，明月何时照我还？

……

如果没有月，世间还会有如此丰富多彩的景与情吗？

我咀嚼着我的梦，那个黎明前摘月的梦——我摘下了梦寐以求的月亮。我想抚慰怀中的月，一摸，月是一片虚无。

原来，月不是我的。抬头，月在每一方天空；垂首，月在每一片水里；闭眼，月在每一颗心上。月，属于一切生命；月，奉献于整个宇宙。

我知道该如何去珍惜月了。

世间许多美好的事物，对于一切生命来说都在有无之中。我们能够拥有却不能占有，只可用生命去感应，用心去赞颂。

少女

一个少女的背影散射着青春的智慧和芬芳。一抹耀眼的红云凝成一种神奇的力，飘动在田埂上，向着地平线远去了。

冬日的阳光踌躇在云里，似乎怕破坏掉某种和谐。残雪的断片牵扯出一方明亮亮的巨型图案，铺展在黄土地泛青的背脊上。微雪后的大地像一位临产的母亲，疲惫而美丽。

眸子，在旷野里追寻；灵魂，在麦田间倾听；思想，在寒意里驰骋……

红红的一把火在枯草间燃起一个符号，一呼儿一呼儿地蹦着，跳着。女孩儿的世界里，另一种风景在沃野上燃着，亮着。

风冷冷地削着润红的脸庞，少女却不回头，她在想：也许在冬天的风景里，我也是一种风景呢。如果没有我，便没有了这种风景。

两扇门，一箱葱

两扇门，东西相对，距离不过五六米。两扇门之间，南面是电梯，北面是步梯，在上楼和下楼的步梯栏杆拐弯处，一个长方形纸箱里整齐地斜倚着几十棵葱。葱是刚打开的一捆儿，秆儿白叶儿绿，优质新鲜，仿佛才从肥沃的地里拔出来。

黄昏，我走出电梯，从纸箱里拿出一棵葱，开了西面的门进屋。炝锅时，葱花的清香愉悦着嗅觉，弥漫了整个厨房。

"箱子里的新葱是你买的吗？"晚餐时，我问爱人。以前，他网购过几次山东大葱。

"对门大哥大姐买的。"

咀嚼着饭菜香，对门"珍珠""贝壳"的嬉闹声隐约入耳，我们微笑着聆听，仿佛在欣赏美好的天籁。

十多年前，我们两家人刚搬进相对的门里，彼此陌生，两扇门间不放葱。两家的葱放在各自阴面的阳台上。我和爱人工作忙，偶尔断葱少佐料的事在所难免。有时候主食做好，菜也切好，跑到阳台上才发现没有了葱。万事俱备，只欠一棵葱。懒得跑下楼去商店买，于是敲开对面那扇门，神情尴尬地讨要一棵葱。大姐笑眯眯地迎我进去，快步走到阳台取出几棵葱，塞到我手里。那时候，大哥还在外地工作，没工作的大姐把家操持得井井有条，把儿女教育得彬彬有礼。

初成近邻的几年，大哥大姐家喜事不断，儿子结婚，孙子"贝壳"和孙女"珍珠"先后出世。对面门内每次添人进口，我们都跟着欢欣庆祝。每年深秋，会生活的大姐都率先买回一捆过冬吃的葱，我们知道了，便也效仿。也不知从哪一年起，两家的葱都不再进门，两扇门之间，上楼下楼的步梯栏杆拐弯处，多出两个放葱的纸箱。

儿子、儿媳上班都忙，大姐一人看护两个孩子，再加上做饭，忙碌不堪。我们在家时，喜欢把稚嫩的小贝壳、小珍珠迎进屋里，翻出家里的糖果点心，看他们吃，陪他们玩儿；偶尔出门，也不忘给贝壳和珍珠带回点儿可吃的特产。我们在外出的路上，别的邻居突然打来电话——和我们同楼居住的公公在楼下被三轮车撞倒。我赶紧拨通对门大姐的电话，请她下楼看看。大姐领着贝壳、抱着珍珠迅速下楼，详细问询察看，确认公公没受伤后打回电话，我们才放心。

清晨收拾房间，我把装满垃圾的袋子放到门外，上班出门时，垃圾袋子不翼而飞，原来已被大姐的儿媳带下楼。此后见对面那扇门外有垃圾袋子，我也悄悄地拎下楼。

两扇门间地方不大，两个纸箱占去不少。有一天，我在门外收拾东西，见两个箱子里余下的葱已不多，干脆合二为一，把葱放到略好的纸箱里，将另一个纸箱扔掉。从此，两家共享一箱葱。葱快吃完时，再续上一捆。续葱的，有时是东门内的人，有时是西门内的人。

一年前，对门大哥退休回来，正逢我公公身体不好。大哥说："我退休在家也没什么事儿，老人有情况我随时可以帮忙。"我们去上班，公公在楼下散步时摔倒，一楼的女邻居发现后搀扶不动，赶紧上楼喊对门大哥。大哥迅速跑下楼，小心翼翼地把公公扶起来搀回家里。

年轻时当过兵的对门大哥，不仅身体结实，人也勤快讲究，将两扇门间箱子内的葱收拾得整齐又干净。

两扇门，一箱葱，既象征着凡俗的烟火气息，又见证着暖心的邻里情谊。

人间太阳花

那是一个特别日子的上午。我正在办公室忙碌，隔壁同事匆忙进门，说有人抱着鲜花到处找我。找我的人骑着电动车，先去了我曾经工作过的中学。我离开那所中学已有十年，警卫师傅也已换过。热心的警卫只知道我的名字，不知我现在的单位和联系方式，于是打电话找人问询，凑巧问到我的同事。警卫记下我们单位的地址，让同事告诉我下楼等送花的人。

我心中纳闷儿：送花的一定不是我的熟人。在5月20日这个亿万网友自发兴起的"网络情人节"，哪个陌生人会给我送花呢？

在单位门口，我见到了刚停好电动车的送花人——一位个子不高的玲珑女子。怀抱中的一大束鲜花，衬得她更显娇小。

"您是王老师吗？"她站在我面前，略微仰着脸。

我点头应答。清甜的花香扑鼻润心。

"王老师，我特意等这个特别的日子来给您送花。谢谢您！"话音未落，鲜花就到了我胸前。洁白的百合、鲜红的康乃馨、金黄的郁金香，灰紫的包装纸，系着蝴蝶结的红带子，新鲜雅致，芬芳怡人。

我疑惑地怀抱着鲜花，细细打量送花人：干净的花衬衫、黑裤子，乌黑的长发扎成两束马尾，发梢从左右肩垂到胸前，满月似的圆脸儿，微笑的圆眼儿，浓黑的弯眉被齐长的刘海儿遮住眉梢。从印有公司标志的醒目的黄头盔、黄马甲可知，她是一位送外卖的女骑手。

注目她遮住眉梢的长刘海儿，我恍然。她的长刘海儿遮住的，是眉梢的一道儿伤疤。一个月之前，朋友认识的女骑手在送餐路上被撞伤，左眉梢划了一道深长的口子，血顿时流出来。她用纸巾擦了擦脸上的鲜血，按了按疼痛的眉梢，坚持送完外卖箱内的所有订餐，才赶往医院。伤口紧挨眉骨，我们市的医院处理不了，她被同事送到邻市的三甲医院，伤口被缝了好几针。受伤后，她本来可以联系公司把没送到的外卖调配给别的骑手，第一时间赶去医院，但她怕给同事添麻烦，打乱别人送餐的线路规划，增加超时差评概率，也怕等餐的客户着急。听朋友闲聊时讲起女骑手善良尽责的侠义之举，我又感动又心疼，得知朋友要去探望还在住院的她，便捎去一份陌生人的关切心意。

过去的瞬间早已被忙碌的我抛到脑后。想不到康复归队的外卖女侠把感恩之情包装成芬芳的花束，让"520"这个谐音"我爱你"

的日子有了更纯美更丰厚的含义。

一面之缘后，我和外卖女侠成了忘年交。她小我十几岁，家里有两个可爱的小女儿，婆婆帮忙看孩子，爱人在玻璃厂上班，工资不高。为了增加家庭收入，她加入外卖骑手的队伍，很快练就娴熟的送餐本领：能顺利穿过车水马龙，绕过拥堵路段，按时抵达每个订单的终点；一双小手可以同时拎几袋餐品，变成"龙爪擒拿手"。外卖平台年度盘点时，她以快速准时、顾客满意度高被评为优秀骑手。

"路上车多，不要着急。"

"外面冷，多穿点衣服！"

"天气太热了，喝瓶水再走吧！"

"冒着风雨给我们送餐，真是感谢你啊！"

她说，接餐客户每天重复的类似话语，以及遇到的像我这样的好心人，让她感觉送外卖的生活虽然很辛苦，但是很暖心。日积月累的暖化作她心中永恒的阳光，朗照着她自己，也温暖着她每天遇到的人。

风沙迷眼的春日午后，小女侠逆风送餐途中与一位急匆匆步行的姑娘擦身而过。她停下电车，回头冲着同样逆风行走的姑娘喊："有急事吧？我带你一段！"那姑娘竟真的坐到她身后。原来是家里有事，出门晚了，眼看上班就要迟到。正好顺路，她把姑娘捎到单位门口，也没留下名字，就风驰电掣地离开了。想不到，姑娘寻人致谢的信息几经辗转，竟发到她所在公司的骑手群。她看着群里的信息，笑容满面，内心无比欣慰。

憧憬未来，她希望生活更加美满，孩子们健康快乐、自立自强、积极向上；她希望自己永远怀一颗感恩的心，自己能做的事永远不麻烦别人，别人有需要时总可以力所能及地帮助。

酷暑的晨光下，我在小区里散步。一楼小院里挨挨挤挤地怒放着一片太阳花，红、橙、黄、白、粉，煞是璀璨。太阳花入土即生，好种易活，只要阳光朗照，便能开出蓬蓬勃勃、鲜鲜艳艳的花朵。黄头盔、黄马甲的外卖女侠多像一朵金黄的太阳花呀！她和人间各色各样的太阳花一样，在平实的日子里诠释着美丽的真谛：只要热爱着工作、感恩着生活、传递着善意，心灵便能辐射阳光，再寻常的生命也可随时随地美丽绽放。

却顾所来径

大暑天气，溽热难耐。清晨六点半，我步行回老房子。人在阳光下才走几步，汗水就再也藏不住。刚出小区大门，迎面走来一对六旬上下的夫妻，汗衫贴在身上，汗水在胸前开出大朵形状不规则的花。四只手都拎着沉甸甸的袋子，透明的塑料袋里装着颜色诱人的果蔬：绿白条纹的西瓜、甜瓜，深紫的葡萄，粉红的桃子，橘红的西红柿，青绿的尖椒和豇豆角……皱纹间荡漾着汗涔涔的微笑，渲染出采买做饭、帮衬儿孙的天伦之乐。

七点整，我满身潮乎乎地走到一栋没有物业管理的五层老楼旁。我家的老房子在一楼，楼南小院中有两棵干粗叶茂的香椿。这栋旧楼正在改造中，因香椿妨碍施工，工程负责人联系我，说树需要伐掉，让我早晨七点过来。

进了单元门，我眼前一亮。黑乎乎、斑斑驳驳的墙皮被刮掉了，墙上刮了一层洁白的腻子。一个黄衣黑裤梳马尾辫儿的瘦高女子右手举着腻子铲儿正面对墙壁挥舞。

"这么早就开始忙了！吃早饭了吗？"我和她打招呼。

她扭回头，一张汗涔涔、黑而俊的脸对着我，好看的双眼皮儿眨了眨，一言未发，又扭过头继续干活。

"早晨干活凉快点儿！吃过了！"一个亲切爽利的声音从楼梯上传下来。一个白衫黑裤的瘦高男子站在通往二楼的楼梯上，也在刮腻子。

进老房子门之前，我又瞥了一眼娴熟地挥舞着腻子铲儿的女子，感觉有点异样。

伐树人已站在院南面的小房顶上等我了。一个中年人、一个小伙子，都身板结实，面目黧黑，一看就是久在烈日下劳作的人。小伙子穿一身旧迷彩服，很惹眼。

我们刚搬进老房子时，在小院里种下两棵香椿苗。如今，二十多年过去了，小树苗已长成参天大树。香椿树生命力太旺盛，我们搬走后，有时顾不上回来修理枝杈，香椿树免不了影响楼上邻居采光。树伐掉后将不再影响邻居采光，老楼改造后面貌一新，想想本都是欣慰之事。

然而，一阵阵尖厉刺耳的电锯声刺得我一阵阵心疼。自从种下香椿苗，每年春天，唇齿留香，掰香椿芽、送香椿芽也成了沟通邻里情谊的方式。两棵香椿见证过一个小家的艰难岁月。树苗种下时，女儿上幼儿园。我和爱人为给女儿买一条十元钱的棉裤发过愁。用十元钱买菜做饭，三口人能吃一周。为尽快还清为买房子借的外债，十元钱派上过不少大用场。拮据的日子里，女儿卧室顶上的腻子脱落了一大片，我和爱人买回材料和工具，自己动手把房顶和墙壁补修粉刷一新。

电锯声停了下来。树已被伐掉一棵，十多米高的粗壮树干被截成几段，砍下的枝叶散落了一地。两位师傅大汗淋漓地坐在小房顶上休息。

"我出去买点水。你们吃早饭了吗？如果没有，我买点吃的回来。"

"不用麻烦！我们都吃过了！"

我去旧楼邻着的小街上买回冰镇矿泉水、绿茶和各式雪糕。单元楼门口，梳马尾辫儿的女子刚和好一桶腻子。

"歇会儿再干，喝口水，吃根雪糕吧！"我买回的冷饮和雪糕，有她和那男子的一份。

她忽闪着好看的双眼皮，双手比画着张开嘴。传到我耳朵里的是几声"呜哇"。原来她是个哑巴。

我把两瓶水、四根冰棍塞到她手里。她脸上湿漉漉，双眼亮晶晶，嘴角边扬起腼腆的微笑。

瘦高的男子快步从楼里出来，正准备提腻子桶，看到女子手里的水和雪糕，抬手抹了抹脸上细密的汗珠，抹出一脸健康湿润的笑容。几句问答后,我得知他们是夫妻,家住 60 里外的小镇,老人帮忙照顾一对儿女,"除了钱少,一切都好"。他们不论远近,只要有刮腻子粉刷墙壁的活,就双双早出晚归。

两位师傅从房顶上下来,喝了水,吃着雪糕,瓮声瓮气地和我近距离说闲话。中年人与我同龄,他的第一个儿子得了脑瘤,花了很多钱也没能保住,后来他又生了个儿子,如今刚上初中;小伙子也有一对稚嫩的小儿女。两人都住小城附近的农村,都当过兵,退伍后没工作,家庭担子都不轻,除了隔三岔五给人伐树、打零工,还热心公益,和市里一群退伍兵抱团儿,做了不少救急抢险的好事。

将近半天,两位师傅把两棵树伐掉,把截好的树干和大的枝杈倒腾出去,装上平板卡车,又去别人家小院里伐树。我清理着院子里残留的枝叶,汗湿的乱发紧贴汗珠滚滚的脸颊。我又回忆起在旧房子居住时,爱人为打工赚钱,每天风雨无阻骑自行车往返几十里路的辛苦岁月。

如今,我们搬到现代化园林小区已十多年,女儿也已硕士毕业,在一线城市工作。

经济上宽裕了几年的我们,又将因女儿结婚、买房变得手头紧张。这个装满回忆一直舍不得出租的旧房子,不久将被卖掉来给女儿凑首付。

将来女儿成家生子,我们也乐意到她身边帮衬。暑天清早,也会顶着阳光，汗涔涔、笑眯眯地采购回沉甸甸的果蔬。

"却顾所来径，苍苍横翠微。"或许，将来回首，我依然会如今日，默念起李白的诗句。李白傍晚从终南山上下来，回首下山的小路，山林苍苍茫茫一片青翠。每个小家随孩子成长而铺就的奋斗路，都该是晨光照亮的上坡路，回首时抹一把充满艰辛的汗水，也会笑看汗水润泽的一路生机吧！

照拂好自己这株花树

我的办公室搬到城北临街的三层简易楼内。顶楼的一间大屋子被隔成四个小空间，容纳了我在内的 11 个人。每日上班，楼北的街上卡车轰轰隆隆来往，楼南的汽修厂叮叮当当忙碌，办公室仿佛是被嘈杂声浪包围的船舱。

我工作的小空间在阳面，旧办公桌紧挨小窗。窄窄的窗台上摆着几盆明媚的小花儿。棱柱状、手指状、球状、椭圆状、牙齿状，各种形状的绿，色彩都润泽。数十朵小花从绿色的茎叶间盈盈飞出，有紫红的、粉红的、绯红的，有的像迷你蝴蝶，有的像微型喇叭。

最惹眼的花当属蝴蝶兰。袖珍的花盆顶着三片椭圆敦厚的绿叶子。去年初冬，两片叶腋间伸展出的两茎细长灵秀的绿，变化出两串越来越饱满的绿珍珠。绿珍珠一开口，笑出几瓣鲜丽的紫红，没几天便幻化出娇艳的蝴蝶，姿态优雅，楚楚动人。第一朵花绽开时是元旦，寒假后我上班时，两支绿茎上已聚了十几只紫红的蝴蝶，参差错落的花瓣正是舒展曼舞的蝶翅。这静止的舞姿比翩翩起飞的样子更让人青睐。五月中旬，两串蝴蝶还在展翅静舞，两支绿茎上就有新的绿珍珠鼓出来。七月初，绿茎上犹留几只美蝶不肯飞落。更显敦厚的叶腋间又探出两茎纤秀的新绿，它们又将在时光里伸展，变化出绿珍珠，幻化出紫红蝴蝶。我惊艳于蝴蝶兰典雅的花颜，也惊叹着它绵长的花期。

周末，我独自在办公室加班，疲劳之际默立窗前，顿觉心旷神怡。我用手机镜头拍下阳光下的花儿们，蝴蝶兰在最醒目的位置，其他花左右映衬。我将照片发到微信朋友圈，并配了一联七言句子："翩翩欲舞添神韵，陋室生辉伴我忙。"评论区，一位好友盛赞："蝴蝶兰真让人眼馋！"一位好友抱不平："也该夸夸四季梅，另外几盆花也一派生机！"

我细细端详四季梅，比起蝴蝶兰，它的花盆略大，花叶略小。七八个枝杈上，两两对生的椭圆叶子脉络清晰，繁茂娇润；朵朵秀丽的花轻灵粉红，各自团着近似菱形的柔美花瓣，亦是舞姿静雅的俏蝴蝶。五瓣梅、天天开、日日新、四时春、长春花……默念它众多的名字，感动于它日日花开、四季常青的美。再打量另外几盆花，无论是刺球上顶着微型喇叭花的绯花玉，还是没开花的麒麟掌、金手指、若歌诗、树马齿苋，各有各的美质，盆盆富有生机。美好的名字都折射出它们不逊于蝴蝶兰、四季梅的颜值。

这些花本来叶亮花鲜地生活在我家飘窗内,女儿带回的一只顽皮小猫凭尖牙利爪打破了它们的岁月静好,害得它们枝折花落,残败不堪。我带花逃难一般,将它们从家中一盆一盆搬出,搬进汽车后备厢,载它们穿过大半座城,把它们搬到办公室的窗台上。每日上班,我坐于桌前办公,花就在眼前,分秒相伴。忙碌的间隙,浇水松土,隔三岔五搬到卫生间冲洗茎叶,更加悉心地照拂它们。假日里,值班的同事们也不忘给这些花浇水,它们很快便恢复蓬勃的生机,绿叶亮泽,红花鲜丽。

被窗外嘈杂的声浪包围着,同事们把简陋的办公室收拾得十分整洁,面目模糊的老旧瓷砖也擦得一尘不染。大家安静愉悦地忙碌,热情和谐地互助,各项工作有条不紊,风生水起。工作日的中午或晚上,抑或假期的某一时段,在单位值班,默对窗前花,手头若无工作,我喜欢读书、静思、写作。业余时间偶尔照拂的文学园地也偶见花事、偶获果实。七月前后,我从人民网看到两个普通人的消息:湖北襄阳的外卖小哥,在社会上摸爬滚打几年后再次参加高考,为自己的人生又拼了一回,考出 623 分的好成绩;浙江绍兴收废品的安徽大叔,在矮小破旧的出租屋里做着斑斓的油画梦,五六年内自学美术书籍几百本,完成油画作品上千幅。

包括我在内的诸多普通人都是能动的花树，既可照拂好陋室窗前和各个角落的花株，也可照拂好自己这株花树。大名为"人"、别名"自己"的花树，既可选择沃土，寻得水源和阳光，也可扎根贫瘠，战胜干旱和阴郁；既可勃发明润的绿叶，也可绽放绮丽的芳花；既可奉献丰硕的果实，也可撒播希望的种子。

爱好里藏着良方

  我的床头枕边坐着个玩偶——一个用毛线钩织的漂亮娃娃。圆嘟嘟的小脸儿，胖乎乎的小手儿，细长的小腿儿，肤色尽显纯净柔和，钩织得紧实而富有弹性。连衣裙和鞋袜用双色钩织，粉白相间的横纹格外匀净。两条棕色的麻花辫儿，一顶灰色饰白边儿的小帽子，也足见钩织技艺的娴熟高超。两颗浑圆发亮的黑纽扣儿是一双惹人注目的明眸，让人想到孩子眼神中天真无邪的诚挚和友善。

  玩偶来我枕边已近一月，睡前一瞥，疲惫顿减，醒来凝视，身心轻松。打扫房间时目光与之相遇，一如看到追着我满屋撒欢儿的猫咪、窗前盆花的蓓蕾，会额外为我增添些许力量和希望。

  可爱的玩偶出自小我几岁的同行之手。她说，读我的作品获益匪浅，送我亲手钩织的小礼物，表达由衷的敬佩。

  同城相识多年，我们各自忙碌，以前极少交流，但彼此心意相通，惺惺相惜。很多时候无须多说，一切尽在不言中——玩偶没有嘴，她的寓意正在于此。

听过她讲的示范课，在我的印象里，她小巧秀美、温文尔雅、精明强干，是教师群体里的中坚。我曾想象，她的生活应该很幸福美满。想不到她也如芸芸中年女子，工作的劳累、孩子升学就业的压力、老人卧病甚至离世的无奈，也会让她疲惫、烦恼、忧伤，生出力不从心的挫败感。

"咱们这个年龄段的人，都经历过或正在经历一些不太美好的事情，内心都有需要治愈的时候吧。我忙里偷闲钩织小玩意儿送人的爱好，就是用来治愈自己的。"

难得的长假，她仍不得休息。病床上的母亲不能离人，她和妹妹轮流值班，悉心照料。趁母亲入睡，她暂时腾出一双巧手，拿起毛线和钩针，淡定端坐，慧心穿梭，钩出母性的从容和丰实，身体的疲乏和情绪的忧烦渐渐消散。一个个漂亮的玩偶从无形到有形，又从她手中送到亲朋手中。一句句惊喜称赞和感谢的话语给予她小小的成就感和满足感，一次次把她治愈。

交接玩偶的日子，我们聊了好长时间。她坦诚的诉说，让我对她见缝插针精心钩织的礼物由惊艳变成珍爱。

咀嚼着她的话语，我把一个话题发给几位微信好友：

"内心偶有小恙，你如何治愈自己？"

"心情不好，有时找同学倾诉，有时哭哭鼻子就好了。"这样答话的是一个读大学的女孩子。

"下岗后初到异乡打拼,失落而迷茫,每天冥思苦想不得解脱。后来转念一想,自己身强体壮,还有不错的单位聘任,薪水也比原来高,不少烦恼一转念就淡了。"这样答话的是一位北漂大哥。

"业余时间,我对在阳台上种菜情有独钟,韭菜、辣椒、薄荷、生菜、香葱、豌豆、樱桃小萝卜,都种过。种子被埋进花盆,迅速发芽破土,勃发养眼的绿意。看到生命的成长,享受收获的欣喜,什么压力都释放了。"这样答话的是一个经常加班的白领。

"身体不爽靠锻炼,心里不爽靠乐观。"这样答话的是一位经营小型企业的仁兄。他热衷锻炼,每日早起,雷打不动,慢跑十公里,时不时还跟大妈们跳跳广场舞;每日深夜,在微信朋友圈发一条乐观主题的心灵鸡汤。

"若岁月静好,就加倍珍惜;若时光晦暗,就当作历练。向阳的人生,一半是对残缺的接受,一半是对美好的追求。"仁兄从别人鸡汤里改编的这两句,不止一次被他发在朋友圈,仿佛他的座右铭一般。每日读鸡汤、抄鸡汤,或者改鸡汤、编鸡汤,少则一两句,多则十来句,再忙他也挤时间坚持。

大家见到的,是人到中年丝毫不显"油腻"之态的谈笑风生的仁兄。

"我不锻炼,哪里病得起?我不乐观,哪里担得起肩上的担子?"仁兄发自肺腑的只言片语藏着不为人知的累和苦:要赡养年迈的父母和因精神疾病60岁未娶亲的哥哥，要供养两个上大学的孩子；自己的企业在激烈竞争中好几次因亏损濒临倒闭。最艰难的时候，他愁得吃不下饭，睡不着觉。每日锻炼身体、发鸡汤文字，看似寻常的爱好成为保护和激励他的方式，治愈着他疲倦的身体和焦虑的内心。

我偶有烦恼，深夜无眠，在微信朋友圈翻阅仁兄的鸡汤，读着、赏着，眼前浮现出他健康的风姿和乐观的笑容，不觉间眉头舒展，安然入梦。

安徒生有句名言："仅仅活下去是不够的，你应该有阳光、自由和一朵可爱的小花。"每个人治愈内心的方式各有不同，钩玩偶、种菜、运动、发鸡汤……这些爱好辐射着生命的阳光，生长着心灵的自由，孕育着精神的小花，暗藏着治愈的良方。有些爱好在治愈自己的同时，也治愈着别人。

"给"是温暖的出口

给老人准备早餐是我每天必上的晨课。清晨一睁眼，我先在脑中把早餐店逛一遍，小米粥和热气腾腾的包子，豆浆、豆腐脑和炸得筋道的油条，馄饨和煎得焦黄的牛舌饼，芝麻糊和摊得香软的煎饼……熟悉的早餐一一闪现，排除最近三四天买过的，便把当天的早餐谱定下来。

卖早餐的半条街紧邻植物园，给老人买早餐时也能顺便养养眼。从春天小湖边第一树桃花，到冬天假山背阴角落最后一枝瑞雪，园中四季轮回，花信不绝，花的队伍浩荡无边。晴朗日子里去买早餐，六点前后出小区，过天桥进植物园南门，有半小时的时间可在园内与花亲近。迎着缕缕馨香与花对视，用手机镜头给各色各样的花留影，存储静好迷醉的瞬间。苍翠老松上盛开新雪时，翻阅镜头留住的芳菲花影，可以重赏暮春朵朵面庞似的白、仲夏枝枝云霞似的粉、深秋串串火焰似的红。明黄的迎春眨着灿烂的笑眼，橘黄的凌霄沿着藤蔓向天上攀，金黄的雏菊铺出夺目的亮毯……与晨光同色系的黄花，从春到秋，品种繁多，数不胜数。

天空阴沉沉的清早去买早餐，开了车带了伞。车窗外雷声滚滚，骤雨就要来临。视野中一个骑自行车匆匆忙忙前行的身影是晨练的老相识。我把车暂停入路边的车位，拿起手机给前面的骑行者打电话，问要不要给他一把雨伞。骑行者下车答话，语调欢快，说马上到家，不需要伞。再开车向前，前面的自行车骑得更快。买回早餐给老人送去，识趣的雨才携着风落下来。我在飘窗前站一会儿，陪着跳上窗台的猫咪看雨听雨，甚是惬意。

假日有闲，亲手给老人准备午餐和晚饭。一顿饺子或馅饼搭一盘儿凉拌菜；一顿米饭配上肉丝炒茄丝、西红柿丁儿；一顿馒头加猪肉炖豆角……饭菜简单寻常，力求荤素搭配、营养美味。和我同楼住的是八九十岁的公婆，我父母在几十里外的故乡。七夕前一天是父亲生日，母亲生日在农历七月十五。孩子们乐于祝福，父母怕孩子们麻烦，两人的生日便同在七夕前一天过。我和爱人大清早驱车回去，和亲人们齐动手，给父母准备生日宴。煮花生、炖排骨、拌什锦、炒京酱肉丝……三伏天烟火旺盛的厨房，热腾腾的香气氤氲，潮乎乎的汗水纷纷。忙碌一上午，十几盘家常美味上桌。客厅里凉气舒爽，四世同堂，家人围坐，祝福声中盛开着父母舒心的笑容。

立秋翌日，午后小憩，看手机微信，"大学"家长群聊兴正酣。

在同一所学校读书的儿女们已毕业工作,家长们还聚在一群,话题仍不离儿女。一位成都的妈妈刚从外卖平台点了一杯奶茶,给北京的儿子送去一份儿小惊喜。各地父母纷纷讨问异地点外卖的"秘笈",跃跃欲试,准备效仿。我也悄悄学习,给上海的女儿点了一杯奶茶、几种果蔬,心中平添了一点儿满足和欢欣。

片刻的午休常被我放弃。给猫咪挠痒、梳毛、加食、添水、清理污秽等琐事必不可少,猫咪因此与我"交情深厚",朝夕跟随,形影不离。给生活做些只言片语的灵感标记,不敢奢望著作等身,但求铢积寸累,源自青春的文学梦想能长久延续。积微成著,人到中年也发表、出版了一些文字,随着报刊、图书的发行,希望给读者带来一丝感染、一瞬共鸣、一点启示。我不忍心拒绝诚恳的请求,偶尔答应给别人修改文稿,就只能牺牲休息时间。在电脑上打开别人传来的文稿,先概读全篇,从整体构思和遣词造句等方面发现问题;然后从调整结构开始,再逐字逐句逐个标点推敲修改,改动处用红色字体标注;最后再总览一遍,自己满意了才给别人传回去。如此一遍一遍地折磨自己,改过的稿子中有几篇已成为文友见刊的处女作。

时而,给朋友一本自己的新书,给路人一个友好的微笑,给困苦者一次由衷的慰问……

行文至此,所写细节都与我个人的"给"有关,"给"的时间都在工作之外。各行各业的工作也都离不开"给":农民给人间饱满的粮食,军人给同胞和平的家园,建筑师给居民温馨的港湾,教师给学生成长的佳径,医生给病患康复的光明,科学家给人类理想的明天……

平平淡淡的日子,形形色色的人,演绎着姿态万千的"给"。真诚的"交付"和"赠与",与关切和善意有关的"替""为""被""向""对"……这些蕴含美好意义的"给",连着小家和大家,连着一颗颗懂"爱"的心,是人间情愫温暖的出口。温暖的"给",给出惠风和好雨,给出阳光和花香,给出希望和力量。

风驰过的街道

从楼门口到车位，一百多米的距离，似乎被呼呼作响的风拉长了几倍。干晃枝舞，树叶翻飞，人也成了摇摇摆摆的叶子。我钻入汽车，未启动引擎，就感觉到车身的颤动。

驶出小区时，一个黄头盔、黄上衣的身影先于我从大门口闪出去。那是刚给小区住户送完早餐的外卖小哥。风中的大街，车辆不减。街道右侧，小哥驾着载有送餐箱的摩托车，像一缕金黄的劲风，驰入自行车和电动车流，转瞬间把我甩在后面。

这风天的早晨，小哥的身影更显亲切。年迈的公婆和我们同楼居住，我们上班忙，打开手机外卖App给老人点餐是寻常事。乘风而来驭风而去的小哥们为我们提供了很多方便。我出门前半小时，早有别的小哥把老人的早餐送到。

时间已到八点，小董也开始上线接单疾驰在街上了吧？小董是位年轻的父亲，大儿子上一年级，小儿子上幼儿园。孩子们进入校门、园门前的清晨光阴，小董的分分秒秒是属于两个儿子的。做饭、唤醒、督促洗漱和吃饭、护送入校入园。每天清晨，两个小儿子享受过爸爸的悉心照顾，小董的送餐时间才迅速开启。穿街过巷奔波八小时后，下午四点去学校和幼儿园接儿子，等爱人下班回家，和爱人完成无缝对接，傍晚六点再次出门，跑到夜里十点后才往家返。

"有时候媳妇加班回家晚，我就带孩子在街上跑一会儿。"从小董在微信对话框里的回复，我看出了话外音：孩子没人看，做爸爸的不放心；把他们护在身边，哪怕在街上疾驰心里也踏实。

夕阳下的街头，穿梭不息的车流缝隙里，一个稳稳握住摩托车车把的身影格外引人注目：身板结实的小董，戴着黄头盔，穿着黄上衣，身后一个方方正正的黑色送餐箱，胸前两个鲜亮的小儿子。黄衣背后印有外卖公司袋鼠图标的小董，仿佛生有育儿袋的巨大雌袋鼠。口罩藏不住他的乐天知命，温柔的笑意从眼里溢出，春风般拂暖了大街小巷。注目小董的微信头像，我眼前浮现出这样的情景。

小董的微信头像是他和儿子们的亲密合影。大儿子伏在他肩头，小儿子偎在他怀里，父子三人都是墨镜遮眼，上弯的嘴角都笑成新月，大头爸爸小头儿子，发型皆酷。我猜，两个儿子的发型是小董的杰作，小董的发型是他媳妇的杰作。

小董和他媳妇学过美发，开过七年美发店。租金高、收入不稳定，两个儿子先后出世，隔三岔五的入不敷出让顶门立户的小董压力累增。为了多赚钱，他和媳妇商量过外出打工，可想到孩子要失去父母的朝夕陪伴交给老人带，小董百般不忍，既心疼老人又心疼孩子。于是，小董关掉美发店，加入外卖骑手的队伍。从此，他好似一缕金黄的劲风，驰行于城市的街街巷巷，穿越过四季的阴晴雪雨，一晃就甩走一千多个日子。

"生活就是个态度问题，少几句抱怨，就多一些阳光！只要踏实肯干，收入还是不错的，日子也能过得很好！如今媳妇当了保育员，我们都找到了自身的价值，虽然累点，但能每天呵护孩子，看他们成长，挺幸福的。老婆孩子热炕头儿，我喜欢！"

自谦没文化缺少一技之长的小董，说起话来像个哲人。做了三年多骑手，理发的手艺并没丢。我和他成为微信好友，就是因为理发的事。这个牛年的农历二月初二，我在同城人的朋友圈看到一条消息：外卖公司站点内一位骑手，为给弟兄们节省进理发店等待的时间，不影响大家送餐，与妻子一起义务为大家"剃龙头"。恰逢周日，两个儿子跟在旁边，蹦蹦跳跳地观摩父母用剪刀和推子送出春风的瞬间。视频中"剃龙头"的骑手，有着胖乎乎的国字脸、弯弯的慈眉、和善的笑眼，略略上扬的嘴角挑着满面阳光。这个骑手就是小董，已坚持三年免费为弟兄们"剃龙头"。

发型焕然一新的同事们，满怀感激地给小董一家拍了合影。和谐幸福的一家四口身后，和小董金黄上衣同色的背景，仿佛小董一家散射的阳光，温暖而明亮。金黄色背景上记录着小董感动社会的瞬间：送外卖途中他捡到一部手机，原地等候许久，不见有人来寻，便求助公司的同事们，在大家协助下将手机完璧归赵。

小董这缕劲风，将金色阳光带给温馨小家的儿子和爱妻，带给风雨中居家的等餐者，带给他的同事，也带给陌生人。小董稚嫩的儿子们早晚会领悟：阳光劲风驰行的每一条街道，都能抵达幸福和温馨。

我写这篇文章的日子是五一。小董和同事们依然如缕缕劲风在大街小巷驰行。我一条条温习在微信里和小董的对话，竟没见一个"苦"字。怎么会不苦呢？五一前网络热传的纪录片，北京一位处级干部体验外卖小哥的生活，12个小时送外卖只赚了41块钱，累瘫在马路牙子上直呼"太委屈了，这个钱太不好挣了"；我亲眼见过冒雨送餐的小哥，头发衣角不停地往下滴水；小董的美女同事送餐途中被撞伤，为了履行承诺，坚持送完七家外卖才去医院，额头缝了好几针。

我怀着一颗虔诚而柔软的心，祝福小董和他的同事们，祝福天下劲风般驰行在谋生路上的劳动者，愿他们赶往幸福温馨的每一条街巷时，都有阳光照临，都有安康护身。